ハナコイノベル。

大友花恋

プロローグ

お久しぶりの「ハナコイノベル。」です。

私が雑誌『Seventeen』で専属モデルを務めていたときの連載なので、卒業して、三年以上の時を経ての書籍化となりました。まさかこんなことがあろうとは。自分が芸能界にいること自体が未だに不思議なのに、随分とすごいことになりました。すごくて、有難いです。そりゃあもう、有るのが難しいほどに。

冒頭で久しぶりと書きましたが、実は私は、「ハナコイノベル。」が久しぶりではありませんでした。連載の文章たちは全て、携帯のメモアプリに残っていたのです（ちなみに、パソコンのブラインドタッチができない残念な「若者大人」なので、文章を書くときは携帯のメモアプリを使います。もちろんこのプロローグを書いている、今も）。

趣味のひとつに断捨離を持ち、携帯のデータも定期的に整理しているのに「ハナコイノベル。」だけは消すことはありませんでした。全て、そっくりそのまま残してあります。

このメモアプリに、あの頃の自分の軌跡があることが、私の心の支えとなっています。

十代から二十代にかけて。学生ではなくなり、東京で一人暮らしを始めた時期。楽しさのヴェールに包んでぼかしていたけれど、本当は何かに溺れそうだった三年とちょっと。あの頃の感覚で綴（つづ）った物語たちには、小っ恥ずかしさと、ほんのりとした愛（いと）おしさがあります。

時を経て、自分にとってのささやかな御守りだったものを、皆さんにもお届けします。もっと緊張するかと思っていたのに、こんなにも嬉しいのは「ハナコイノベル。」という連載の全体は、私だけのものではないからです。全ての回に、編集さん、カメラマンさん、ヘアメイクさん、スタイリストさん、デザイナーさんがいます。皆さんと作ってきた作品たちです。

今回の書籍化にあたり、また一つ作品が増えました。思い出話に花が咲きすぎて空間が花畑になるほど懐かしいスタッフさんや、その花畑に別の風を運んでくださる新しいスタッフさんが集まってくださいました。

そんな幸せな環境で、今の私が書きたいもの、書けるもの、書かなければならないもの…。筆を取ってから（正確には携帯です）書き終えるまで、時間はかかりませんでした。三時間となかったと思います。文章を書くことが私の一部だったのだと、執筆後のビリビリした頭で、しっかりとそう感じました。

私の一部が、この本を手に取ってくださった皆さんのほんの一部になったら…。想像したら、嬉しすぎて、ちょっとだけ涙が出ました。

涙が出たり、笑ったり。そんな、自分だけの感情を抱けるって、幸せなことだと思います。

一冊にまとまった「ハナコイノベル。」で、皆さんの様々な感情がきらめきますように。

目次

この作品は雑誌『Seventeen』に「ハナコイノベル。」として連載されたものです。

また、「プロローグ」「続・自伝」は書下ろしです。

Lithops

第一回 ❀ リトープスのはなし

窓際のリトープスは、それはそれは小さい。

もともと、ホームセンターのわかりやすい棚に陳列されていたリトープスは、わかりやすいを通り越して、もはや景色の一部だった。

ところで、リトープスのことをご存知だろうか。サボテンによく似ているのだが、サボテンと違って「とげ」をつけない多肉植物だ。

そんな〝それはそれは小さなリトープス〟を手に取った青年がいた。その瞬間からリトープスにとって彼がこの世の全てになった。

話は冒頭に戻る。

青年の部屋は居心地が良かった。

青年はおはようと声をかけ、おやすみとでもいうようにそっと鉢植えを撫(な)でた。

「ねえ、青年。これからご飯？

今日は何を食べるの？」

「昼は、チャーハンでいっか」


青年とリトープスは、息ぴったりらしく、会話するように日々を過ごしている。

リトープスはこのところ、体がかゆい。かゆいというか、なんというかむずむずする。

リトープスは戸惑っていた。


「ねえ、青年。

なんでこんなに、体がかゆいのかな？」

「え、本当にいいの、佐藤さん！

あ、ありがとう！」

青年は正座をして電話をしている。メモには《日曜日 遊園地 二人》の文字。

二人、をボールペンでぐるぐる囲っている青年に対し、そんなにぐるぐるしなくたっていいだろうとリトープスは思うが青年はやめない。

しばらくたったころ、〝それはそれは小さなリトープス〟は、〝小さなリトープス〟へと変貌を遂げていた。

むずむずはリトープスの脱皮の前触れだったのだ。

脱皮を経て、体のむずむずは治まったが、リトープスの心のむずむずが収まらない。

リトープスは戸惑っていた。


「ねえ、青年。

心がむずむずする。今のほうが辛い」

「よし、佐藤さんの好きな明太子スパゲッティは来てから味をなじませて完成っと。部屋も片付いているし、あ、変な匂いしてないよね？」

最近、リトープスと青年はテンポが合わなくなってきているようだ。

またむずむずが大きくなってきて、リトープスが「ねえ、」と声をかけようとした時にチャイムが鳴った。

「はいはーい！　いらっしゃい、佐藤さん」

「着いたー。駅から遠いね、ここ」

「あ、ごめん、迎えに行けば良かったね」

「それよりお腹すいたー」


リトープスを背に佐藤さんが座る。

佐藤さんの人工的な香りのせいか、どんと置かれたスーツケースのせいかリトープスは小さくはねる。


「あ、すぐに明太子スパゲッティできるよ」

「え、今から作るの？」

「あ、あとは味をなじませ」

「もー、早くしてよー」


青年は焦ったように、でも幸せそうに笑いながら台所へと駆け込む。


佐藤さんは青年の部屋に帰ってくるようになった。

リトープスはむずむずする。

「ねえ、青年。

この人、いつまでここにい」

「ねぇ、ずっと気になってたんだけどー。この草、何？」

「あ、リトープスのこと？

一年くらい前かな、ホームセンターで」

「どうでもいいけどさー、なんか気持ち悪いね」

「え？」

「なんか、私、嫌い」

「ごめん！　そう思ってるの気づかなくて！」


青年はリトープスを持ち上げる。

ここに来て初めて揺らぐ視界。

溢(あふ)れる砂。

近所のコンビニのレジ袋が近づく。


「え、ねえ青年、待ってよ。

青年と離れるのも、ここにいられないのも嫌だよ」

白く濁ったレジ袋に包まれたリトープス。
しわくちゃなコンビニのキャラクターは笑っている。

二十四時間のゴミ置場は、暗くて臭い。
光に消えようとする青年の後ろ姿。

「ねえ、青年。これで終わり？　さよなら？」
「僕はきっと間違ってる。でも、好きになっちゃったんだ。さよならだね」

久しぶりの会話。
メリメリ。何かが破れた。

しわくちゃの袋の中、〝小さなリトープス〟は、〝リトープス〟になった。
心まで破けたリトープス。

リトープスの成長を青年は知らない。

それぞれの
想い

第二回 ✿ それぞれの想い

あれは魔法少女だった。

魔法のコンパクトを叩くと全身は光に包まれて、目を開けるとたっぷりしたフリルのミニスカート。

感情に合わせて揺れるハーフツインに決め台詞。

「君への愛は永遠に！」

ブラウン管におでこを押し付ける勢いでテレビを観ている。


目覚まし時計のスヌーズ機能なんて誰が考えたんだ。

「ありがたい、もう起きましたよ」

五回目のスヌーズで目を覚ましたリリィの声がまだ空気の動いていない部屋に響く。

諦めともつかない覚悟を決め、リリィは朝食まで済ませる。

リリィという珍しがられる名前をつけた母親は、ソファの上でまだ眠っている。

男と遅くまで電話しているからだ、とリリィは思う。

父親は知らない。

電話の男が父親だろうか。


「ま、そんなことどうでもいっか。毎日が変わらなければ」


冷めきった言葉と閉まる玄関の音を智子(ともこ)はソファで聞いていた。

実はすっかり目覚めている。ソファから起き上がるのが億劫(おっくう)だったのだ。

「あなたの毎日を変えたりなんてしませんよーだ」

日曜日の朝から出かけるなんて、私の娘は何をしているんだろう。

自分の筋肉を奮(ふる)い立たせてなんとか起き上がり、智子は食卓につく。

ご飯、味噌汁、納豆、卵焼き。

「よくできた娘だこと」

薄すぎる味噌汁とぐずぐずの卵焼きは智子譲りだ。

最近は料理を作ることもなくなったが、自分の味を受け継いだ娘のおかげで、智子は自分の料理を思い出し箸を置く。


「はーぁ」

リリィのため息に周りの人が振り返る。

「高校生はダメとか、先に伝えておいてくれよ」

リリィは病院が主催する料理教室に来ていた。

リリィには実はとても大切な人がいる。

母親には恥ずかしくて言えないが。

その人のために健康的な料理を勉強したかったのに、高校生は入れてもらえず、病院のロビーでただ座る羽目になったのだ。


「無理かー」


朝食を終えた智子はまたしてもソファの上で寝転びながら呟いた。

昨日の電話だ。彼は結局ＯＫを出さなかった。

「一緒に暮らしてくれたっていいじゃない。迷惑かけないのに」

智子にも大好きな人がいた。その人の幸せを思ってのことだったのに、ＯＫしてくれないのは不安だからだろうか。

彼は真面目で優しい。だから簡単に首を縦に振るとは思えない。

「でもこれしか考えられない。今夜も電話しちゃお」

智子は目をつぶったままにんまりする。

たまたま病院を訪れた真田は、リリィを遠巻きに見ていた。

彼女はほぼ毎日この病院に来ているらしい。

母親の病状を知りたい、母親のためできることを知りたい。

受付が教えられるわけがないのはわかっている。でも、主治医に聞いてしまっては、母親が必死に隠している病気のことを自分が知っている、というのが伝わると考え、リリィも必死なのだ。

「似た者親子だなあ」

昨日も深夜まで智子と電話していた。親がいない私が死んだら、娘を養女にしてほしい。

智子はそれの一点張りだ。

真田は智子のことを高校生のときから知っている。智子が病気になってからもう二十年近く経つ。

彼女は本当によく闘っている。最近になり、病状が悪化してきてもよく闘っている。

リリィを養女にできない。

なぜなら、智子には生きてもらわなければならない。人生を諦めた先の話は必要ない。

「私が責任を持って彼女を長生きさせる」

真田は、リリィも智子も知らないところで改めて決意する。

ブラウン管におでこを押し付ける勢いで魔法少女のアニメを観ているリリィ。

それをすこし遠くから眺める智子。

「リリィ、そんなに近づいてたら魔法少女もびっくりしちゃうでしょ」

「はーい」

リリィはおとなしくテレビと距離を取る。

リリィ、百合の花のお嬢さん。ずっと純白なあなたでいてね。

懐かしい思い出を経て智子はソファから起き上がる。

大切な思い出を胸に、リリィは病院の椅子(いす)から立ち上がる。

私が守る。

「君への愛は永遠に!」

小さく呟いた言葉は光の粒になりしんとした空気を輝かせる。

第三回　雨がきこえる

彼と初めて話したのはやっぱり雨の日だった。


雨の昼休み、教室はうるさい。

本が好きなのは、その時間だけ周りから求められる優しくて良い子の私はいなくなれるから。

それなのに、その日はうるさすぎてページをいくらめくっても私は私のままで、場所を移すことにした。

どこもかしこも人だらけ。

さんざん彷徨(さまよ)った挙句、私は屋上の前の踊り場にたどり着いた。


ここなら、誰にも邪魔されない。

そう思ったところで歌が聞こえてきたのだ。

雨の屋上で彼は歌っていた。

不透明な青色みたいに、陽の光は透けているのに向こう側は見えない歌声。

輝く歌声は、雨の世界の中で、彼の立っている場所だけを明るく見せていた。


「なんで泣いているの？」

どのくらいその場にいただろう。

気がつくと雨が滴る彼が目の前にいた。

自分でも気づかないうちに私はなぜか泣いていたようだ。


「あ、ごめんなさい」

「何で謝るの？」

「あなたの歌、勝手に聴いてた」

「好きなんだ」

「え」

「歌が、好きなんだ。心がリラックスできてる証。君は…本を読んでたの？」


結局その昼休み、本を読んでいない。

彼の歌を聴いていた時、私はいなくなっていた。彼の歌が私を包んで、周りから隠してくれた。だから、本は必要にならなかった。

「いつも歌っているの？　ここで」

「雨の日だけ」

「雨の日？」

「雨音が僕と歌を周りから隠してくれるんだ。つまらない自分がいなくなる」


ザーッ。

屋上への扉の隙間から強風に煽（あお）られた雨が入ってきた。

私は動けなかった。

同じだ。この人は、私と同じ。


「君も濡（ぬ）れちゃうよ、よけなきゃ」

「…うん」

「さて。雨を拭くから教室に戻るね」

「…また、雨が降ったら、歌いに来る？」

「…え？」

「また雨の日に聴きに来てもいい？」

「変わってるね、君」

彼は笑った。笑うと髪の毛から水滴が落ちた。それは、彼の歌のようにとてもきらきらしていた。

雨が降るたび、彼の歌を聴きに行った。


彼の歌はいつも優しかった。

雨に温もりを感じたのは彼の歌に温度があるからなんだろう。

温もりを受け止めたくて、踊り場から屋上に出てみる。

「濡れるよ」

「お互い様」

「…きっと、僕たちは似てるね。怖いものがあるけれど、戦うんじゃなくて逃げることしかできない。人からしたら些細なことかもしれないけど、無理なんだ、そこで育ってきたから。それが全てなんだ」

彼は繊細な何かを感じられる人だった。

「そう、なの。逃げないと、気づかないふりしないと、私は私を保てない。見ないふりが一周回って自分をえぐるのはわかっていても」

「次の雨の日に伝えたいことがある」

「何？」

「絶対来てね。ここで待ってる」

でも、次の雨の日、私は風邪をひいた。

彼との約束が気になったが、母に止められ私は学校を休んだ。


ノックの音。


「入るわよ」

「何？　お母さん」

「風邪をひいて学校を休むなんて、自己管理が足りないわね」

「ごめんなさい」

「最近、雨が降ると屋上に行っているんでしょう？　男の子と一緒に」

「…それは」

「あなたは真面目で優しくて自慢の娘」

「…」

「こんなにがっかりしたの、初めてよ」

自慢の娘、何度言われたことか。そのたびにそうなるまい、と思いながら生きてきた。

雨がきこえる

偉大で、絶対的な母。

その言いなりの空っぽで良い子で嘘つきで真面目な私。

ああ、こんな時に、彼の歌を聴きたい。

空虚な私を隠してほしい。


その次の雨の日。

私は屋上への階段を駆け上がっていた。母を思うと心はずきずきしたが、足は止まらなかった。

彼は何を言いたいのだろう。

絶対来てね、と言った彼の目はとても揺れているように感じた。

勢いもそのまま屋上の扉を開ける。


彼は、いなかった。

《十年後》

雨が降ると私は彼を思い出す。

後から知った話だが、彼の両親は離婚するにあたり、彼を引き取りたくないと残酷な喧嘩をしていたらしい。

彼は一人暮らしを宣言し、働くために学校をやめたそうだ。

周りの大人は、しっかりしていると彼を褒めた。

でも、私は違うと思う。
彼は逃げたかった。選ばれない悲しさから。だから先に自ら離れることを決意した。
彼は私と似ているのだ。

彼は私に何を言いたかったのだろう。
私は彼に何ができただろう。

たとえ、何の意味がなくたって、一緒に雨に濡れていたかった。

タクシーに打ちつける雨。
移動中にもかかってくる仕事の電話を切った時、ふと何かが聞こえて外を見た。

陽の光が透ける不透明な青い歌声。

雨のせいか、視界はぼやけていたけれど、ある建物の屋上に人影が見えた。

「止めてください！」

私は傘もささずに、外に飛び出した。

雨には温もりがあった。

七夕の星

第四回 ✿ 七夕の星

「おせーぞ！」

ヒゲ爺の怒号が降ってきた。

アル太は急いで、仕事を始めているヒゲ爺の隣に自分のはしごで登った。

「遅刻！　今夜は七夕だっつーのに。太陽部はとっくに帰ったぞ」

二人は夜空を作る仕事をしている。

昼、太陽部は空を青く塗り太陽を置く。

夜、アル太とヒゲ爺の月部は、空を紺色に塗り、星を並べる。

「太陽部も二人なのに、夏は長い間働いてくれてるんだ。朝焼けと夕焼けは協力っつールールなのに、夕焼けさぼるなんて。朝焼けはお前がやれよ。ララに任せんな」

「ララはいいやつだからきっと気にしてないよ」

ララは太陽部にいるアル太と同い年の少女である。

家族がおらず鈍臭いアル太とは違い、ララはなんでもできる。それでいて器量も性格もいいとなると嫉妬もしない。

「そろそろ並べ始めろ」

「よし！」

ヒゲ爺が空に色をさらに重ねる隣で、アル太は嬉々として星を並べ始める。

なんだかんだ、アル太はこの仕事が大好きだ。置いた瞬間ピカッと光る星を見ると嬉しくなる。つい見惚れて星を落とすとヒゲ爺にすごく叱られるが、地上から見る人はこれに願いを託すんだから許してほし……

そう思っていた時、後ろから大きな音がした。

危うくベガを落としそうになったがなんとかこらえ、ヒゲ爺の様子を振り返る。今のを見られたら間違いなくげんこつものだ。

しかし、振り返った先にヒゲ爺はいない。

「え？」

ヒゲ爺どころか、ヒゲ爺のはしごすら姿を消している。嫌な予感がして下を見ると、ヒゲ爺と折れたはしごが地面に落ちていた。

「ヒゲ爺っ！」

「大丈夫だ、ただ腕を痛めた。今ので俺のはしごは壊れたし、上にはいけねえ」

「じゃあどうすんの⁉」

「お前が全部やれ」

「無理！　一人で並べたことないし！」

「星の場所は覚えてるだろう。空はもう塗り終わったから並べるだけだ！　あと十五分しかないぞ！」

「でも」

「七夕が楽しみな、お前みたいな星好きがたくさんいるんだろ」

アル太はハッとした。家族も生きがいもなかったアル太は星の美しさに救われたのだ。

そんな人にとって、七夕は――。

ヒゲ爺がふっと笑う。

「アル太、任せたぞ。俺は下から見てる。やってみろ」

アル太はゆっくり深呼吸をすると大きく頷き並べ始める。

ララだったらこんなトラブル、ものともしないだろう。ぼくとは違うから。

足が震える。汗も止まらない。一人で七夕の星空を作り上げるなんて。

間違った場所に置いてしまったらその星は二度と光れない。星の命がかかっているのだ。

慎重に丁寧にそれでいて素早く。

泣きそうになりながら星を置いていく。

また一つ星が瞬いた瞬間、アル太の頭の中にとある記憶が蘇った。


アル太がヒゲ爺に拾われたばかりの頃だ。

「今日からお前はアル太だ」

若いヒゲ爺がニカッと笑った。

「アル太？」

「いいか？　いつか大切な人と出会う日まで、お前は自分の仕事をやり続けるんだ」

「仕事？」

「俺の星の仕事、一緒にやるか？」

「うん、ぼく星すき！」


固く結んでいた口元に、微笑みが広がる。あの日初めて星を置かせてもらった。当時もヒゲ爺は優しく見守ってくれた。

空に立派な川が流れだす。星を並べ切らなければならないタイムアップまであと一分。

足にぐっと力を入れ、アル太は最後の星を置いた。

アルタイルがピカッと輝く。


アル太がはしごを下りた時、ララが駆けてきた。

「ヒゲ爺が落ちたって聞いて、手伝わなきゃって……あれ？　出来上がってる？」

「終わったよ」

そう言ったアル太を、ララがぎゅっと抱きしめた。

「さすがアル太！」

アル太はなんだか胸がどきどきした。

「ララなら、もっとちゃんとできただろうけどね」

「ううん、星が本当に好きで、やり続けてきたアル太だからできたんだよ」

二人を見守るヒゲ爺の瞳が星を閉じ込めてきらきら揺れた。


七夕の日。

織姫（おりひめ）と彦星（ひこぼし）は今夜出会うのだ。

アル太はゆっくりとララの背中に手を回した。

第五回　綺麗、きれい、キレイ

あれは、二年前の話だと思います。

とある女の子が学校の屋上から飛び降り自殺しました。


それはそれは綺麗な子です。

A子とでもしましょうか？

あまりの美貌は、針となりA子自身を突き刺していました。

何をするにも周りからの視線が付きまとい、誰かが勝手に作ったヴェールに包まれ、中身もそうであることを望まれたような子です。

あなたの周りにも一人はいるでしょう？

ほら？　男子が一度は通る道、というか。

下ネタなんか、その子の前では言えない、というか。

反吐がでますね。

綺麗、きれい、キレイ

とにかくA子はそんな美しい子でした。

周りの子は、美しいA子にくっついていたかったのでしょう。

愛想よく話しかけ、ノートを見せお弁当に誘いました。

しかしA子は、小さい頃から表面的な笑顔に囲まれていて、人を信じることができずにいました。

そのため、困ったように天使の微笑み(ほほえみ)を浮かべると、周りがスッと離れていくのです。

憧(あこが)れや羨望(せんぼう)は、何かひとつでも狂うと嫉妬(しっと)になります。

どこからでしょう。

一度「A子ってさ、調子に乗ってるよね」という声が漏れた途端、人々は手のひらを返しました。

点は線となり、線は渦となり、渦は大きな穴になりました。

気がつくと、真っ黒な穴の真ん中で、A子はぽつんと立たされていたのです。

いやがらせは日常となり、A子はすっかり嫌われる対象となりました。

嫌われれば嫌われるほど、際立つ美しさだけを残して。


そう、それでも美しかった。

美しい自分を責め続ける姿でさえも。

それがいじめを加速させていったのです。

ぐっと口を結び、目をつむり、体を小さく丸めながら、こらえ続けたA子。

制服を奪われ、白の質素なワンピースで登校したその日、A子の神々しさにいじめていた人ですら声を発することができませんでした。

健気に孤独にA子は戦い、そして、自殺しました。

大きなきっかけなんて、ありません。

むしろ物事が変わる——いじめが終わる——きっかけがなかったことが、A子を追い詰めてしまった主な原因だったのでしょう。


夏休みの金曜日。

わざわざ夜中に学校の屋上から飛び降りることにしたのは、A子のささやかな主張です。

いつ見つけてもらえるのかはわからないけれど、発見されたその日には腐敗が進んで醜くなっていればいい。

その時に、A子も同じ人間だったんだと、周りが気がつけばいい。

そう思って、その手すりの向こうで「ふふふ」と微笑んだA子は、ゾッとするほど美しかったはずです。


あれから、二年経ちました。

当時、A子の自殺は全国的に取り上げられました。

その亡骸（なきがら）があまりに美しかったからでしょうか？

白いワンピースは鮮やかな赤で飾られて、人々は衝撃と恐怖を感じるとともに、うっとりしながら「ほう…！」とため息をつきました。

なおも美しいA子を前にして、不謹慎という言葉すらなくなってしまったのです。

あら、少し待ってください。

これで終わりではありません。

この話は、ここから始まるのです。

それから、
夏休みの金曜日の夜中になると、ここから飛び降り自殺が多発するようになったのです。

遺書はありません。

自殺するような理由もない、健康的な女の子ばかりです。

ただ一つ。

共通点があるとするならば、女の子たちは皆、美しい、もしくは美しくなろうと努力していた、ということです。

ああ、いかないで。

最後まで話を聞いてください。

ここからが、今日あなたをここに呼んだ理由なのですから。

それにしても死んでしまうなんて不思議だ、と周りの人々は言います。

昼間まで自殺なんて全く縁のなさそうだった女の子ばかりなのに。

ただ、綺麗を求めている子ばかりなのに。

…まるで、あなたのように。

やめておいたほうがいいとわたしは思います。きれいであることなんて。

幸せなことなんて、わたしにはなーんにもなかった。
あったのはキレイという薄っぺらい言葉と、薄っぺらい友情によって生み出されたいじめだけ。

いい考えがあります。

わたしがあなたの未来を救ってあげる、というのはどうでしょう?
わたしの二の舞にならないように、先に手を打つんです。

夏休みの金曜日の屋上。

夜風が気持ちいいでしょう?

ふふふ。

第六回 ✿ 眠れぬSNSの美女

かの有名な『眠れる森の美女』で、姫は糸車の針で百年間眠りについたらしい。
姫よ、その糸車を私にも分けてくれ。

＊

ベッドの中でサラはうんざりしていた。
時刻は午前二時。
一度眠ったのだが、すぐに目が覚めてしまうのだ。
そこからは朝まで眠れず、日の光が部屋に差し込むのをただじっと待つことになる。
眠気がないわけではない。
夜も、学校にいる昼間も眠くてたまらないのだ。

眠るのを諦めたサラは、部屋の明かりをつけ前髪を梳く。

毛布の中でごそごそ角度を変えながら何十枚と自撮りし、一枚を厳選すると、目を大きくして、輪郭を整える。目の下のクマも消す。唇に色。アプリすごい。

そのまま、ＳＮＳを開くと、「眠れない～。助けて～。」と、写真を添えてつぶやきを投稿し、ようやく携帯を枕元に置いた。

午前二時にもかかわらず、すぐコメントが届いた。

サラはＳＮＳの世界ではサラミ、と名乗っており、フォロワーが多い有名人なのである。

ピロン、ピロンピロンピロンピロンピロン。

「そう、このかわいい子が本当の私。

学校のだれも私に興味持たないのは、本当の私を知らないからなの」

コメントの通知音をＢＧＭにすると、サラは眠りにつけるのだ。

ピロンピロンピロンピロンピロンピロンピロン。


にしても、今回はやけに通知が多い。

多いに越したことはないけれど、昼間の投稿だってこんなに通知は来ない。

感謝の言葉でもつぶやこうかと、サラは一度置いた携帯を手に取った。


「え、なんで……」


サラミのアカウントを開いたサラの目に飛び込んできたのは、心配のコメントではない。

大量の誹謗中傷だった。

慌てて投稿を見返し、サラは驚愕した。

あげてしまった写真は、加工前のものだったのだ。

寝転びながら作業していたせいか、タッチミスをしたようだ。

[加工前?ブスじゃん]
[フォロー外そw]
[嘘つき]

［偽物の自分載せてんじゃねーよ］

「……にせ、もの？　ちがう、サラミが本物なのに。

みんなに……必要とされて、かわいいって、ゆわれて、それがほんと、の……」


魔法のように小さい頃からつぶやいていた自分を救うための言葉を、サラは紡げなくなった。

＊

ああ、糸車があればいいのに。

百年じゃ足りない、千年だって二千年だって眠りたい。

私を見ようとしてくれる人が、このいばらのようなコメントをくぐり抜けてくれる日まで眠りたい。

自分に自信を持てる日まで、いばらの城で。

サラは携帯をベッドに向かって投げつけた。

ピロンピロンピロンピロンぴこんピロン。

一つ違う音が混ざった。

それは、普段は聞かないメールの音だった。

おそるおそる携帯に手を伸ばした時、着信画面に変わった。

ビクッとした指先が、通話ボタンに触れてしまう。

「サラちゃん！　メール送っても返信こないからさ。あれ？　もっしもーし？　おーい」

「あ……」

「同じクラスの澤田だよ？

さては名前登録してくれなかったな？　番号交換したじゃん！」

「ごめ」

「ところでSNS見たよ！」

SNSの美女

眠 れ ぬ

「……え？」

「サラミちゃんの投稿」

「あれは、ちがくて、嘘とかじゃなくて、ごめんなさい、あの」

「眠れない時はホットミルクがいいよ！」

「へ？」

「眠れないんでしょ？」

「……あれ……何でサラミと私が同一人物ってわかったの？」

「え？　だって写真載せてるでしょ」

「でも、あれは……」

「加工されてるけど、あれはいつものサラちゃんだよ？」

「……ちがうよ。目も、鼻も肌も輪郭だって、全部嘘ばっか」

「ううん、サラミちゃん、同じ表情してるもん。《これで大丈夫かな？》って表情」

「……同じ」

「うん、本物のサラちゃんと同じ、周りを気遣う優しい表情」

「……本物」

「それに今日、教室で眠そうにしてたでしょ？」

「気がついてたの？」

「え、友達が眠そうなら気づくでしょ」

「友達……」

「それで眠い時にはね」

「ありがと。もう大丈夫」

「え、なんで？」

「なんか、眠くなってきた。澤田さんのおかげで眠れそう」

「そう？　じゃまた学校で」

サラはサラミのアカウントを消去し、携帯電話を机に置いた。

ベッドに潜り込むと、涙がたくさん流れた。

これから、本当の私だけで生きていく。

そう思うと心が軽くなり、睡魔がやってきた。


カーテンからこぼれた日の光につつまれ、サラは目を覚ました。

涙で腫（は）れた目元、色のない唇、寝癖のついた髪。

本物だけの彼女は、加工したサラミよりもずっと美しかった。

トマトと彼女。

第七回 ✿ トマトと彼女。

「トマトは嫌いなの」

照れたように笑いながらそう言って、ハンバーガーから彼女は朱色のそれを指先でつまんだ。

俺のハンバーガーの上にペッと置かれた彼女のトマト。トマトだらけのトマトバーガー。

俺だって、トマトが好きじゃない。食べられないわけではないけど、入ってないほうがいいのに、と思うぐらいには苦手だ。

でも、今は、あのトマトバーガーが懐かしい。


手元には普通のハンバーガー、三度目のため息。

「で、フラれた原因はなんだったんだよ？」

目の前の席に座るあいりに話しかけられて、彼女のことを考えていた俺は我にかえった。

「いやぁ……」

「なんだよ、はっきり言えよ」

あいりは、言葉づかいが悪い。

でも口調は仕方ない。今までの人生が彼女を形作っているわけだし、根は優しいやつであることも知っている。

「俺がよぉ、情けねぇから……だってよ……」

「ふーん。そういや彼女のどこが好きだったんだよ？」

前言撤回。あいりは優しいやつなんかじゃない。

まだ別れて一週間の傷心の親友に、そんなこと聞くか？

俺だったら、忖度に次ぐ忖度でそんなこと絶対しない。

しかもそんなにまっすぐな目で聞くなんて。

「どーこーが！　好きだったんだよ？」

「そんなに凄むなよ、怖えーよ」

付き合っていた彼女は、とても物腰の柔らかなふわふわした子だった。

高校の一つ後輩で、俺の卒業式の日に彼女から告白された。嬉しくて、即ＯＫ。

俺は卒業後すぐに働いていたし、彼女は彼女で大学受験があってあまり会えなかったが、
一年ほど付き合っていた。

好きだったところ……。

考えたこともなかった。

彼女ができたこと、デートをしていること、そんなことが嬉しくて、彼女自身をあまり見ていなかったのかもしれない。

自己嫌悪でまた落ち込む。

「や、優しいところ……とか？」

「はあ？　私に聞くなよ、私が知りたいんだよ」

「なんとなく彼女ってだけで好きだったのかも……」

「ふーん単純だな、じゃ彼女って肩書きなら誰でも好きになんのかよ」

「そんな意地悪な言い方……」

「例えば、わた……」

「え、何？」

「なんでもねーよ。ほらハンバーガー食えよ、冷めるぞ」

「いいよ、あいりのが来るの待つ。にしても、遅いなー」

「んー、困らせてんのかもなー」

「困らせる？　何で？」

「トマト」

「え？」

思いもよらない単語が、あいりから出てきて手に取ったハンバーガーを落としそうになった。

トマトが苦手なことをあいりに話したことはない。

「トマトなしにできますか？　って、聞いたんだよ」

「あいり、トマト嫌いなの？」

「え、好きだよ？」

「は？」

考えていることがさっぱりわからない。

付き合っていた彼女は、嫌いなトマトをペッと俺のハンバーガーに置いた。

それなのにあいりは、嫌いじゃないのに、抜いてもらっているなんて。

「じゃ、なんで抜いてもらうんだよ」

「——遼（りょう）、トマト嫌いだろ？」

「え」

「いつもトマト食べる時、ぐって覚悟決める顔すんじゃん？　だから、もらってやろうと思って」

「え、と」

「トマト！　もらってやろうと思って。あ、来た」

あいりの顔ほどのサイズがあるハンバーガーが机に置かれた。

トマトは——抜きだ。

「ほらよ、遼のトマト置いていいから」

「お、おう」

「これから、一緒にハンバーガー食べる時は、私がトマト食ってやるよ」

なんだか、涙が出てきた。

トマトを食べられない自分に対して、とかそういう単純なものじゃなくて、元カノにトマトは嫌だと言えなかったこととか、あいりのぶっきらぼうでなんかズレてる優しさとか、もっといろいろな理由だと思う。

俺が苦手なトマトが挟まれたハンバーガーにあいりは思い切りかぶりついて「うま♡」と笑っている。

「え、遼、泣いてんの？　ったく情けねーなー」

「あ、これはその……」

「ま、でも情けないくらい優しいところが遼の好きなところなんだけど」

そう言ってハンバーガーを食べるあいりの頰(ほお)はトマトみたいに真っ赤で、なんだか、かわいいなと思った。

第八回　マイナス言葉禁止法

目の前にスーツに身を包んだ一人の青年。

「違反です」

固まる私に対して、目の前の無表情な彼は言葉を続けた。

「マイナスな言葉、呟(つぶや)きましたね」


時代は進んだ。

長く続いた令和が来年終わる。元号は変わらずとも、法律は何度も変わり日本は良い方向に進んできた。

一年前にできた、ただ一つの法律を除いて。

《マイナス言葉禁止法》

表現の自由とコンプライアンスのなかで揺れる隙間から、にゅるっと可決されたこの法律

「マイナス言葉禁止法」

は、全てのマイナスな言葉を禁止した。
一見、優しい法律である。
施行されて数日は、みんな穏やかに過ごした。
しかし、時が経つにつれストレスがたまり始めた。
悪口や愚痴だけでなく、不安や緊張など口に出すことで、
緩和できていたものまで言えないとなると苦しい。

それなら、バレないようにすれば良い気もするがそうもいかない。
警察、さらにマイナス取締委員会（通称・マイ取）なんて組織も作られ、
昼夜問わず、街やＳＮＳを見張っているのだ。

マイナス言葉を使ってしまったら、すぐにマイ取に異空間に連れていかれ、
口にバツのシールを貼られる。
このシールを貼られると、一年間口がきけなくなってしまうのだ。
実際に街中でもバツシールを付けた人を見るようになったが、
周りからの視線は口がきけない事実以上に冷たく刺さっていた。

そして、今私の前にはスーツ姿のマイ取が立っている。

青年の手にはバツシール。

やってしまった。


「これがバツシールです。見たことはありますか？」

「ま、待ってください！　私は良い思い出にしたくて」


そうだ。

マイナス言葉を使う気なんて、さらさらなかった。

私は宿題をただの一度も忘れたことのないような優等生なのだ。


あと一週間に迫った、高校最後の合唱コンクール。

クラスのみんなが練習に参加しようとしなかったため、学級委員である私がみんなに声をかけていた。

そして、つい放ってしまったのだ。


「このままだと私たちはずっとうまくなれないよ。最後の合唱コンクールなのに。いい加減にしてよ！」

ハッとしたときには、私は異空間に立っていた。

「ちゃんと合唱がしたかった！
……みんなが私を面倒くさがってるのはわかってる、でも、私は正直なみんなが好きだった！」

バツシールが近づいてくる。

「あなたは、喧嘩したことないの!?」

急に喧嘩の話をされ青年は動きを止めた。

「喧嘩ですか」

「私はある。法律ができる前の話だけれど。
マイナスな言葉でも、相手のことをちゃんと思っていたら、届くものが違うと思う。
私は、昔からいい子ぶってるって煙たがられて、気づかないふりをしながら心の中で泣くこともあった。
でも、たとえマイナスだとしても本当の言葉を向けて喋るのには、
体力がいるってわかってる。
限られた体力を向けてくれることに、ちゃんとした意味があるの！
一番怖いのは、無関心だから」

青年の無表情がくらりと揺らいだ気がした。


「……ぼくは、喧嘩中です」

「へ？」

「マイナス言葉を……関心を取り戻し、正しく使うために、法律と闘っています」

「でも、あなたはマイ取でしょう？」

青年は初めてニッと笑った。

「喧嘩をする相手に関心を持たないと」

バツシールを私のほうに向けて無表情を作る青年。

「これをよく見ておいて。思っていることを言ってはいけないなんておかしいと忘れないために」

気がつくと私は教室に戻ってきていた。

バツシールの付いていない私にクラスが戸惑いながらも、安堵してくれている。

私に無関心ではないのだ。

いつかまた、相手のためにマイナス言葉を言える日をあの人が作ってくれる。

それまで、自分の場所で私の喧嘩を続けよう。

「さっ、みんなで最高の合唱をしよう！」

第九回 ✿ ホワイトクリスマスを君と

由佳は、結露で前髪が濡れるのも厭わず、おでこを冷えた窓に押し付けていた。

向かいの家から運び出されたダンボールはトラックに運ばれていく。

ダンボールは沖縄まで行くらしい。

「東京から三時間…」

吐き出した言葉とともに、窓ガラスが白く曇る。あの日の馬鹿な自分が見えた。


一週間前。

由佳は学校からの帰り道を、詩織と歩いていた。

「今年こそ、私たち憧れのホワイトクリスマスになるんじゃないかってニュースで言ってたよ」

「うん…」

「二十五日はいつも通りうちに来てね。

今年も詩織の好きなお菓子作るから。詩織は食べる専門だもんね」

「あの、さ」

「なに？　さっきからテンション低いじゃん」

「いや…」

「私と過ごすクリスマスは飽きちゃった？　確かに生まれてからずっとクリスマスは私の家だけどさ。毎年、二人で楽しんでるじゃん」

「そう、だけど」

「詩織変だよ、なんでずっと嫌な顔してるの？」

「それは…」

「もういいや、家着いたし。このままだと詩織と喧嘩しそうだから、今日はこれで」

「まって、由佳…！」

呼び止める声を背に、由佳は扉を閉めた。

少しして、向かいから詩織が家に入る音が聞こえた。


一週間。

仲直りのチャンスはいくらでもあったけれど、ザラザラした思いを消化できなくて、謝ることはおろか詩織に謝らせるチャンスすら与えられなかった。

事態が動いたのは、今日の朝。
ポストにクリスマスカードが入っていた。
カードに書かれた詩織の整った字を見た由佳は、固まってしまった。

「お父さんの仕事で、今日、沖縄に引っ越します。
いつも通り話せなくなりそうで言えなかったけど、
一週間前、ちゃんと言えばよかった。私のせい、ごめんね。
また、一緒にクリスマスを過ごせますように」

衝撃で思考がまとまらず、呆然と窓から向かいの家を見つめることしかできないまま半日。
生まれてからずっと人生を共にしてきた詩織の家から、生活の温もりが消えた。

そう、二人はずっと、一緒だった。
これからも一緒にいたいから、あの日の由佳は怒ったのだ。
でもそれで、最後の一週間を無駄にしてしまった。

ホワイトクリスマスを君と

沖縄のクリスマスに雪は降らない。

おでこにしわを作りながら眺めた空は、恨めしいほどの曇天(どんてん)だった。

「二人で、ホワイトクリスマス…」

つぶやきと共に流れた涙が窓に筋(すじ)を作る。

その隙間から、携帯を手に同じようにこちらを眺める詩織が見えた。

携帯が震える。


「もしもし、由佳。見てて」

「え?」

「二人でホワイトクリスマス、しよう」


その瞬間。

雪が、降った。

驚いた由佳は家の前に飛び出した。

よく見ると、それは雪じゃなかった。

ふわふわした白いものが詩織の部屋の窓から次々と降ってきたのだ。

「これは…わたあめ？」

「そう、わたあめ、食べる専門だったけど作ったの」

玄関から出てきた詩織が、苦笑いを浮かべながらそう言った。

後ろに見えた玄関は空っぽだった。


「これからもずっと、由佳とクリスマス会したかった」

「詩織、私…」

「沖縄に雪は降らないけれど、今日、二人で、
わたあめのホワイトクリスマスを見れて、憧れ、叶えちゃった」

「詩織がどんな思いでいたか、わかってなかった。

私自分勝手だった、辛いのは詩織なのにごめん」

わたあめの雪を見つめながら泣きじゃくる由佳を、詩織はぎゅっと抱きしめた。

「そんなのいいよ、私たちの思い出はずっと消えないから。

このわたあめに、今までの思い出を詰め込んだつもりなの。だから、笑顔で別れよう」

トラックから、遠慮がちに呼ぶ詩織のお母さんの声。

「またね、由佳」

由佳は涙を拭(ぬぐ)うと、思いっきり笑った。

「またね、詩織！」

二人の間に白いものがふわふわ降っている。

とても冷たい、それは——。

0ドルのナポリタン

第十回 ✿ 0ドルのナポリタン

レジをそっと開ける。

大丈夫。

この古びた映画館でバイトを始め、もう半年。

シフトを入れ続けた樹(いつき)に、レジの扱いは慣れたものだった。

閉館間際の映画館。樹のほかに人はいない。

雇い主のおじいさんは、うたた寝をしている。

ちくりとした胸の痛みを振り切るように一万円札に手をかけた、

その時。

「おい」と、声がした。

樹は、「ひっ」と声を上げ周りを見渡した。

人影はやはりない。

再び声。

「それはやっちゃいけないんじゃないか」

聞き覚えのあるハスキーな女性の声だった。

その女性が思い当たり樹が信じられない気持ちでいっぱいになった時、辺りは光に包まれた。

気がつくと樹はレストランにいた。世界で有名な《架空の》レストラン。

目の前に色がなくなっている。比喩（ひゆ）ではなく世界が全部モノクロと化している。

間違いない、ここは、あの映画の中だ。

「なんで、金なんか盗もうとした？」

声の主が机に腰掛けながら聞いてくる。

「ラ、ライリー…」

「ん、私の名前を知ってるのかい？」

「知ってるも何も…」

樹はもごもごと呟（つぶや）いた。

映画『0ドルのレストラン』は有名なモノクロ映画だ。

街の外れのレストランを一人で切り盛りする、ハンサムなライリーという女性。

レストランに訪れる客は悩みを抱えているのだが、ライリーの出す料理に救われ、次の一歩を踏み出す。


樹も幾度となく、この作品を上映してきた。

まさか、なんで、自分が、このレストランに？


「少年、名前は？」

「樹、です」

「樹。金を盗むことは犯罪を犯すことだ。

犯罪を犯してまで、樹にはしたいことがあるのか？」

「それは…」

俯いた樹に、ライリーはそばかすだらけの頬をふっと緩めた。

「ま、いいや。私には関係ないことだ。それより、何か食べてくだろ？　待ってな」

目の前に置かれたのは、ナポリタンだった。

玉ねぎもピーマンもない、ソーセージだけのナポリタン。

「これって」

思わずライリーを見たが、ライリーは何食わぬ顔でホットコーヒーを飲んでいる。

樹はおずおずフォークを手に取った。

一口。また、一口。

もぐもぐ咀嚼するたびに、樹の視界は涙で歪んでいった。

ふと蘇るのは、狭い台所に立つ母の背中だ。

「樹。今日もナポリタンでごめんね。その代わりソーセージ入れるからね。樹、好きでしょう？」

「…酸っぱい」

「ああ、ケチャップをいっぱいいれてんだ」

母と同じ味だった。ケチャップでパスタがベチャッとしてるのとか、ソーセージがまるまる入っているのとか。


「酷いことを言ったんです、母に」

「ふーん」

「そんなの食べたくないって。ナポリタン作るくらいなら小遣いを増やしてくれって。母が頑張っているのは知っているのに。周りの友達についていけないのが怖くて。バイトしても、父親がいない貧乏なうちじゃ服装も食べ物も…」

「…」

「だから、バイト先でお金を盗もうとしたんです」

「樹、ナポリタン、うまいだろう？」

「…美味しいです」

「隠し味に、愛情がつまってるんだ」

はっとして、思わずナポリタンを見つめると、モノクロの世界のなか、そこだけ鮮やかな朱に色づいていた。

「お金が大切なのはわかる。
でも、それよりも悲しませちゃいけない人のことを考えていたい。
お金で繋がる友情よりも、ただ相手を思う愛情のほうがいい。
私は、綺麗事のほうが好きなんだ」
「…」
「今日のナポリタンは0ドルだよ。
私はこの世界が綺麗事でいっぱいになればいいと思っているんだ」
ライリーがにっと笑ったあと、ナポリタンから色が広がり始めた。
閉館のベルの音が聞こえ、樹は色のある映画館に戻ってきていた。
なんで映画の中に入ってしまったのか。
そんなことはわからない。
ライリーが救ってくれた、
という事実だけで充分だ。

綺麗事かな、
樹はそう思いながらレジを閉めた。

第十一回　溶けない氷の涙

アンは泣くことを禁じられていた。

厳しい両親ではなかった。
父も母もアンを叱ったことなどないし、同世代が欲しがるものはアンが口に出す前に目の前に差し出した。

それでも、泣くことだけは許されなかった。

それには、アン自身に理由があった。
アンの涙は、氷の結晶になってしまうのだ。

その症状が初めて現れたのは、アンがまだ小学校に上がる前の夏のこと。
愛犬が死んで泣き出したアンの頬に一筋、血が流れた。ぎょっとした母親がアンの顔をよく見ると、アンの目から零れ落ちた氷が頬を切ったのだった。

原因不明の症状に医者は首を捻るしかなかった。ただ一つわかったのは「次こうやって涙を流せば目が凍り、失明してしまうだろう」ということ。

あまりに恐ろしい言葉に、両親はアンに泣くことを禁じた。

泣きたくなる気持ちになっても心を鎮めてやり過ごす。そもそも泣きたくなりそうなことはしない。

おかげで他の感情も乏しくなってしまったが、高校三年生を迎えるこの年までにアンはその技を習得し、泣きそうになることすらなくなった。


そう、思っていたのに。


アンは久しぶりに、ピンチだった。

ああ、どうしよう。

みるみるうちに涙がたまりだす。このままだと私の目は凍るだろう。

絶対に泣くまい。チョコレートを持った手元に力がこもる。

木の陰からこっそりのぞくアンの視線の先には、想いを寄せる彼の姿がある。はじめての恋だった。

どんな時も冷静沈着で感情をあまり表に出さないアンを、クラスの子は気味悪がり馬鹿にした。悲しくなり泣かないためになんとかやり過ごしていたアンだったが、実はかなり堪えていたようで、彼が助けてくれた瞬間に恋に落ちたのだ。

バレンタインの日に、あの時の感謝を伝えよう。フラれて泣かないために、告白はせずにいよう。

そう心に決めていたのだが、アンも年頃の女の子。彼と手を繋いで歩く希望をどこかで持ちながら、彼を帰り道で待っていたのだ。

しかし。

帰ってきた彼の手元にはすでにピンクのラッピングが施されたチョコレートがあった。

ただ、チョコレートを貰っただけ。

そう思うこともできたかもしれない。

でも、アンは知っている。

チョコレートを見つめる彼の目が熱をもって潤んでいることを。

溶けない氷の涙

彼を見つめる自分と、同じ目をしていることを。

感動に震える彼の手に熱がこもったのだろう。

ピンクの袋の中でチョコレートが溶け始め、彼は慌てつつも照れたように笑った。

その笑顔を見たら、アンはもう駄目だった。

硬く、冷たいものが瞼（まぶた）から零れ落ちていく。


痛い。


この痛みは、どこから来るのだろう。

頬か、目か、いや心か。

落ちた氷が地面で跳ねて、大きな音を立てる。

しまった、彼に気づかれてしまう。

アンは咄嗟（とっさ）に壁を伝いながら逃げ出した。視界がみるみるうちに狭くなっていく。ああ、これが最後に見る景色になるんだなあ。

後悔はなかった。

最後が彼の笑顔でよかったと、アンは思った。

彼は、物音のほうへ近づいた。

いずれにしても溶けはじめたこのチョコレートを一刻も早く冷やすため、家に帰らなければならないのだ。


物音の先で彼は不思議なものを目にした。

氷の結晶が地面に散らばっている。


「なんだ、これ？」

救い上げるとそれはひやりと冷たい。

家まであと少しある。大好きなあの子から貰ったチョコレートを溶かさないために、彼は氷の結晶たちをチョコレートの上にふわりとのせた。

ああ、恋は無情で、きっとそういうものなのだ。

気づかないだけで、知らないだけで、
誰かの諦めや苦しみの上で実ることもある。

彼女の失恋の涙で、
彼の恋のチョコレートは守られるのだ。

第十二回 ✿ 卒業式のWind Orchestra

桜の木。

紅白の幕。

晴れやかな空。


証書を入れる筒できゅぽっと音を立てて笑う声が聞こえる。


卒業式すぎる光景に、梨奈は目を細めた。

全て終わる。

高校三年間は嘘みたいに長くて毎日必死だった。お経のような古典も黒魔術のような数Ⅱもやり終えた。

だが、梨奈にとって何よりもキツかったのは部活だった。


吹奏楽部。

卒業式のWind Orchestra

名門のこの高校を知らない者はいない。練習が厳しく、部員のほとんどが幼少期より練習を重ねてきている。


そんななか、梨奈は異例の初心者だった。

新入生歓迎会の吹奏楽部の演奏に心を摑まれ向かった仮入部。

「楽器は？」と聞かれ「やったことないです」と答えると顔をしかめられたが、演奏の力で夢心地だった梨奈は入部を決めてしまったのだ。


楽器のできない梨奈を周りは雑用のように扱い、楽器を決めることすらなかった。

三年間。

結果、梨奈はずっと雑用だった。

備品を磨いたり、水分やタオルを配ったり。一人一人の演奏を聴いて癖をメモしたり。

毎日汗だくで、筋肉痛だった。

みんなからパシリのように扱われながら、こんなつもりじゃなかった、私も一緒にあの音を奏でたい、と歯痒くなった。

部活をやめたいと思うことも正直あった。

しかし、毎日練習の最後に行う全体演奏を聴くと、梨奈はつい「明日も聴きたい」と思ってしまうのだった。

備品の運搬で筋肉のついた腕。

一晩中、楽譜の準備をして悪くなった目。

毎日、真剣に聴くことでどんどん良くなった耳。

お守りを作りボロボロになった指を見つめ梨奈は、苦笑した。

桜の下に立つ梨奈は一人ぼっちだ。

家族よりも長い時間を過ごした部員とは三年たってもあまり話さなかった。

遠くから誰かの涙声が聞こえ、梨奈は羨（うらや）ましくなった。泣き合える友人くらい作ればよかった。

「みんなに捧げた三年間だったなあ」

そう思い、一人校庭に背を向け歩き出した時。

「サッ」と服が擦れる音が聞こえた。

この音を、梨奈は知っている。

これは、部員が楽器を構える時に鳴る音だ。

思わず振り返ると、そこには楽器を構えた吹奏楽部の面々がいた。
部長の指揮棒がリズムを刻むと、校庭に気持ちいい演奏が響きわたる。
みんなが奏でるこの曲は…。

「栄光の架橋…」

それは、梨奈が新入生歓迎会で心を奪われた曲だった。

演奏を終え、部長が一歩出る。
「梨奈さん。私たちは自分に必死だった。置いていかれたくなくて周りが見えなかった。楽器も渡せないまま三年過ぎてしまって…大会が終わって冷静になった時、あなたにどれだけひどいことをしたのかようやく気がついた。何て謝ったら良いか…だから、この演奏を捧げます」

他の部員も申し訳なさそうに梨奈を見つめるなか、梨奈は鼻で笑った。

「…何を、言ってるんですか?」

俯（うつむ）いていた部長が苦しそうな表情を梨奈に向ける。

「私も楽器を演奏したかった。でも雑用ばかりの三年間を過ごした。朝一番に部室に来てみんなの備品を用意したり、顧問に言われたことを一晩かけてまとめてコピーして配ったり。

先輩が卒業して後輩が入ってきて、それでも役割は変わらない、ずっと、雑用ばかり！

それで！　それで……で……」

本当は、梨奈は気がついていた。

演奏を聴いている時からあふれている、自分の涙に。


「それで、も。

みんなの演奏が聴ける、吹奏楽部が大好きだった。特等席でみんなの演奏を聴いて、みんなを支えることが自分のやりたいことだと思った。だから、今の私は、私が、選んだものだっ！」


フォルテ。

強く言い切った梨奈に、部員の面々は涙を流しながら深々とお辞儀をした。

まるで、梨奈が指揮者になったようだった。

「ありがとう」

誰かが呟（つぶや）くと、また一人また一人と「ありがとう」が増え、一つのハーモニーのように膨らんだ。

それは、梨奈が聴いてきた演奏のように心を打つものだった。

「こちらこそっ！」

そう笑った梨奈の頬（ほお）を春疾風（はるはやて）が撫（な）でてゆく。

桜の木。

紅白の幕。

晴れやかな空に梨奈の笑みが広がった。

小さい母

第十三回 小さい母

高校三年生、これからの受験の日々を思い、僕はいつも不機嫌だった。

母の「行ってらっしゃい」の声を無視して学校に向かった。

母は、そんな僕でも向き合ってくれた。母一人子一人だったことも大きいのかもしれない。質問されたこと以外無視を決め込む僕に、ある日母は、「今日は一緒にいちご狩りに行きますっ」と、高らかに宣言した。


いちご狩り？

なんでまた、いちご？

そんな思いもあったが、受験勉強をしなくていいならと僕は行くことにした。


車の中で、母はずっと話し続けていた。

「ねえ、楽しいねえ。ママ、いちご狩りなんてひっさしぶり！

あ、でも、亮ちゃん（亮介が僕の名前だ。その呼び方はやめてほしいと頼んだが、やめてくれなかった）が赤ちゃんの時、パパとママと三人で行ったことあるんだよ？

もうあんまり覚えてないんだけどね～」

母は雰囲気が若い。というか幼い。年々幼さが増している気がする。離婚した父は、よくこんな人に赤ん坊の僕を任せたと思う。

ここ最近は、幼さからくる無邪気さがより目につくようになった。

「着いた！　運転、疲れたよ～。

亮ちゃん、いっぱいいいちご食べてね！」

ビニールハウスの入口をくぐった母に、農家のおじさんが練乳の入ったカップを渡す。

「彼女さん、たっぷり食べて元とってきな」

「あ、いや母親で」

「はーい♡　亮ちゃん、行こっ？」

誰が彼女だ。まんざらでもなさそうに。


「母さん！」

「ほいほい？」

振り返った母があんまり幸せそうで、僕は続きが言えなくなった。

そのかわりに咄嗟(とっさ)に出た言葉は、朝から疑問に思っていたことだった。


「母さんさ、いちご、嫌いだよね？」

「ありゃ」

「ありゃ、じゃなくて」

「味は好きなんだよ。いちごにイヤ～な思い出があったの。でも、忘れてきちゃった。だからもう食べられるよ」

母は「ひひ」と、絞り出したように笑うとひょいひょいいちごを食べ始めた。

そんなトラウマを忘れるなんて。あまりの無邪気さに驚きながらも、気になっていたことが解消されて僕もいちごを食べ始めた。

なるほど、これはうまい。

結局、僕はお腹がはちきれるまでいちごを食べ尽くした。あんなに食べたのは、後にも先にもこの時だけだ。

帰り道、夕焼けが僕ら親子二人を包んでいた。満腹と車内に漂ういちごの香りに僕は夢見心地だった。

「亮ちゃん、これがママとお出かけする最後になるねえ」
「え、まあ勉強はあるけど、まだ受験は先だし。近場なら出かけられるよ」
「亮ちゃんは、お出かけしたらいいよ」
「どういうこと？」

言っている意味がわからなかった。

「ねえ、夕日が真っ赤。いちごみたいだよ」
「母さんとは、出かけないってこと？」

「うん」

「うんって、どうして?」

「ママね、色々忘れちゃうの。赤ちゃんみたいになっちゃう」

「それは、どういう…。そんなのずっとそうだろ?」

笑い飛ばそうとした自分の声が、乾いていて、それにも動揺してしまった。

「ママはそういう病気なの。どんどん幼くなっちゃう。これでも昔はしっかり者だったんだよ～。だから、亮ちゃんはママが育てることになったんだから。亮ちゃんはこれから、パパと暮らすの」

父との記憶はない。

そんな他人みたいな人と暮らすなんて。

いや、そんなことはどうだっていい。

母がそんな病気になっていたなんて。

「家族三人で最後に行ったのがいちご狩りだった。結果ギスギスして寂しくて、いちごが嫌いになったの。

亮ちゃんと別れる前に、いちごの楽しい思い出を作りたかったんだ」

そう言うと母は、「ひひ」と絞り出して笑った。

後部座席で、お土産(みやげ)のいちごが艶々(つやつや)としていた。


一年が経ち、僕は大学生になった。

助手席に人を乗せて運転する機会はあまりなかったので、ハンドルを握る手に自然と力が入った。

一年ぶりに会うその人は、目をキラキラさせている。


「いちご狩りなんてひっさしぶり！　前に一度来たことあるんだけど」

「そうなんだ」

「夕方のお日様みてね、泣いちゃいそうになったの」

「…そうなんだ」

「ねえ、これからどこ行くの？」

「いちご狩りだよ」

「ええ――――！　いちごだいっすき！」

Rouge and maiden heart will not be defeated.

第十四回 ❀ 口紅と乙女心は、負けない。

バーカ。

目の前でガミガミ叱る生徒指導の女教師の話なんて、そう心の中で呟く私の耳には入ってこない。

バカバカバカ。

あ、待って。

これじゃあ、この女教師にバカって言ってるみたいじゃん。

確かに、髪の毛はピシッと低いお団子にして、スーツもパンツで、ボタンは一番上まで留めちゃって、こんな女教師みたいにはなりたくない。

先生をバカって言えるほど、自分の頭が良くないことはわかってる。

でも、バカじゃない。

そういう賢さなら持ってるつもり、こう見えて。

どう見えてかっていうと、説明しやすいような、しにくいような。


説明しやすいところでいうと、いま私は校則違反のメイクをしてる。

とびっきりの赤い口紅。


でも、いつもはこんなんじゃない。

スカートを少し折るとか眉毛を少し剃るとかはあっても、メイクはしてない。

じゃあ、なんでこんな私が赤い口紅をして、学校に来て、しかも女教師に反省文まで書かされそうになっているのか。


そこの説明が長くなる。

だから説明しづらいんだけど、女教師のガミガミは長そうだし、振り返ってみようと思う。


これは、私の恋の話だから。

あいつを見かけるのは、決まって放課後だった。
図書委員のあいつは本を抱えて歩いていて渡り廊下でいつもすれ違う。
渡り廊下は私とあいつだけになる。

なんか、もっさいやつ。

最初はそれしか思わなかった。
でも、毎日すれ違ってると、相手のことが気になり出すってこともある。
名前は？　学年は？
いきなり話しかけるのは変だからって、ずっと我慢してた。
私たちがはじめて話したのは、冬の寒い日。

あいつは、やっぱり本を抱えてた。
すれ違いながら、本の山をちらりと見たとき、私は見つけた。
私が大好きな本を。

「イノセントガール」

ふいに、私は呟いていたのだ。

「えと、ああ、このイノセントガールって本、好きなの？」

あいつがそう笑ったとき、私は恋に落ちたのだ。


あいつはいわゆる三軍で、私はギリ一軍みたいな感じ。

だから、付き合うまでは早かった。

強引に押し切る形で、私はあいつの彼女になった。


初デートのとき、あいつはイノセントガールを持ってきた。

「はじめて読んだけどいい本だね」

「主人公の亜蓮(あれん)がさ、赤いリップを塗るところがいいんだよね」

「うん、そうだよね」

「亜蓮の赤リップ姿、相当かっこいいんだろうなあ」

そろそろ、話が見えてきたんじゃない？

まあ、そのあとも色々あるんだけど、結果、私はあいつにフラれた。

あいつは「付き合うとかやっぱり苦手なんだ」と、まっすぐ言ってきた。

人付き合いが元々苦手なのに、断れなくて私と付き合うことになったんだから無理ないか。

とは言っても、私はまだあいつが好きだった。話せば話すほど好きになった。

困ったような眉毛も、女子みたいな手も、もちろんあの笑顔も。

だからあいつの前で散々泣いて散々ゴネて、でもって、結局別れた。

それが、昨日の話。

目が真っ赤だった。

こんなんじゃ明日学校に行けないと思った。

だから、私はデパートに行った。

目の赤さが気にならないくらいの、とびきりの赤を手に入れるために。

私は、亜蓮じゃない。

赤い口紅なんて1ミリも似合わなかった。

ただの唇おばけ。


でも、これは餞別だった。

だから、この姿で彼のところに行かなければいけなかった。


朝、別のクラスの私が彼の席まで行ったとき、当たり前だけどクラスメイトよりもずっと彼がびっくりしてた。


そりゃあそうね。

唇おばけが自分の前に立っているんだもの。


「イノセントガール、ある?」

「…あるよ」

「貸して」

そうやって私はさっさとイノセントガールを取り上げると、表紙に思い切りキスをした。

赤い口紅が、くっきりと刻まれた。

「ありがとう、さよなら」
「…かっこいいね」

そう、これがことの全て。

女教師を前にしたいまも、涙は出ない。
だって、全て終わったから。

あいつは、バカ。
こんないい女、もう現れないのに。

バカバカ。

ポケットには赤い口紅。
混じり気のない、赤い口紅。

跳べないウサギ

第十五回　跳べないウサギ

目をつぶると、目の前に暗闇が広がった。

会場中の声援をどこか遠くに感じる。

体がふわふわする。でもって頭の中心は冷静。

トントンっ。小さな二回ジャンプ。

これが私のルーティン。

私はどこまでだって跳べる。


ゆっくりと目を開けると、会場の音が戻ってきた。地面まで震わす声援は、走り高跳びの期待の星と言われている私に降り注いでいる。

よーい、スタート。

心の中でそう呟(つぶや)くと私は力強く駆け出した。


右、左、右っ！

もちろん歩幅はぴったり。

私は跳んだ。

上へ上へ。


1メートル70センチの壁。今日は、超える。

その時、着地のマットレスに穴が空いた。

ぽっかりと大きな穴。私は、その穴に落ちていく。

下へ下へどこまでも。


嫌な夢だった。

ぐっしょりと湿った、吸水速乾が売りのTシャツを素早く着替えリビングに向かうと、焼き魚の匂いがした。


「あれ、千夏(ちなつ)。土曜日なのに七時に起きてくるなんて。部活?」

「バイト」

「バイト? あんた、見学でも部活には顔出しなさいよー」

「…うん」

「その言い方、行かないんでしょ、どうせ。ほら朝ごはん、食べちゃいなさい。魚はタンパク質とＤＨＡよ」

「ごめん、いらないや。行ってきます」

バイト先は街のショッピングモールだ。郊外の小さな街で唯一、人が集まる場所。

家族連れの多いこの場所で、千夏は着ぐるみを着て風船を配る仕事をしている。

着ぐるみの中は暑い。

ロッカールームは二十二度の冷房だというのに、体部分を着ただけで汗ばんでいる。

頭部分を見つめた。

ウサギの着ぐるみは、いつもと変わらない笑顔。

「お気楽だね」

嫌味を言われてもウサギは表情ひとつ変えない。

土曜日のバイトは疲れる。

元気の有り余った子供たちがチャックを探したり、覗き込んだりしてくるのだ。

可愛くない子供、千夏は笑顔のウサギの下でそう思った。

そして、そんな自分が一番可愛くないなと思った。

「おい、風船くれよ！」

そう声をかけてきたのは、五歳くらいの男の子だった。ぷくぷくとしたお腹と、ざらざらの坊主頭。典型的なガキ大将。ちびジャイアン。可愛くない。

「風船！」

思わず観察していた千夏に痺れを切らして、〝ちびアン〟はもう一度叫んだ。キック付きで。

ちびアンは、千夏の左足を蹴飛ばした。

本来、五歳児のキックなんて大したことはない。しかし、千夏にとって左足は急所だった。


蹴られた場所からぶわっと汗が噴き出してくる。


夢で見たあの県大会。バーに左足が当たった。

跳んだ時に左足の腱が切れかけたのだ。


それでおしまい。

医師からはしばらくのリハビリを言い渡され、千夏は二か月前、高二の途中で部活に行かなくなった。

跳べない自分に、価値を見出せなかった。

蹴られた左足に、鋭い痛みが走ったわけではない。感じたのは多少の違和感。

しかし、左足への刺激はそのまま心に刺さる。

私の急所は左足じゃなくて、それを考える心だ。

荒くなり始めた呼吸を落ち着けようとしゃがむ。

ちびアンは、急にしゃがんで近づいたウサギの笑顔に動揺したようだ。

「な、なんだよ。痛かったのかよ」

うるさいどっか行け。千夏は、半ば押しつけるように風船を渡した。

「あ、ありがと、、」

ちびアンは、風船を受け取り去っていこうとした。

が、振り返った。

「おいウサギ、いつまでしゃがんでんだよ。ウサギはさ、一回しゃがんだあと、どこまでも跳ぶんだぜ」

その言葉に、乱れていた呼吸が落ち着いた。

私はまだ、踏み切りの途中だったのか。

ゆっくり立ち上がったウサギに安心したちびアンは、今度こそ去っていこうとしたが、人とぶつかり風船を手放してしまった。

プワプワと上っていく風船。

「あ…」と泣き出しそうなちびアン。

それを見た千夏は、トントンっと二回ジャンプをして駆け出した。

そうだ。

私は、

どこまでだって跳べるんだ。

第十六回 ❀ 町外れのアポセカリーで。

そこは日本ではない、どこか遠くの国にある町。

自然が豊かで温かみのある町。

歩いて一周できるくらいのサイズのこぢんまりとした町。


そんな町の外れに、知る人ぞ知る小さな花屋があった。

町の人はその花屋を「フラワーアポセカリー」と呼ぶ。アポセカリーとは、薬局という意味だ。

薬を置いているわけではない。

医者がいるわけでもない。


しかし、この町に病院がなくてもあまり困らないのは、この花屋がアポセカリーとして住民の役に立ってきたからだ。

今日も、そのアポセカリーに人がやってきた。

大きな瞳に涙をためた、十三歳の少女だった。

町外れのアポセカリーで。

In Apothecary of the edge of a town

「あのぉ……」

「こんにちは」

店番をするのはアリアという女性だ。

アリアはリネンのワンピースに身を包み、少女に微笑(ほほえ)みかけた。

二十三歳のアリアが一人でこの店を切り盛りできているのは、この穏やかさが故だろう。

「お花をお探しですか?」

「……違います。ここでアポセカリーっていうのをやってるって」

少女は、今にも泣き出しそうだが、目立って体調が悪そうなわけでもない。

これは訳ありねぇ、アリアは心の中で呟(つぶや)いた。

「ひとまず、そこのベンチでおしゃべりしましょう」

「はい、カモミールティー。

さっき摘んだばかりのカモミールを使っているの。リラックス効果が高いのよ」

第十六回　町外れのアポセカリーで。

少女はすぐに薬をもらえると思っていたようだ。

ベンチでハーブティーを出されている状況に困惑していたが、香りに誘われ、温かなカモミールティーに口をつけた。

コクリと一口飲み込むと同時に、ずっと薄い膜を張っていた瞳から大きな涙が次々とこぼれ出した。


「おいしい」

「薬を欲しがっていたのは、お母さまとの関係に関わることかしら？」

「え……どうしてわかったの？」


アリアは昔から人の心を読み取る力があった。

どうしてと言われても、自分でもわからないくらい、直感力に長けていたのだ。

「そんな気がしただけよ」

「お母さんは、私が病気だって言うんです。学校で浮いてしまうのも友達ができないのも病気のせいだ、面倒だって。

だから、治してほしいんです」

アリアはこの少女が愛(いと)おしくなった。

なんて、真っ直ぐな子なんだろう。


「あなたは、病気じゃないわ。考えすぎてしまう癖があるだけ。考えている間、待ってくれる人が周りに少なかったのね。

でも、大丈夫。テンポが違う人と一緒にいるのはとても難しいことだから、無理しなくていい。無理をやめた途端、きっと、世界をクリアな瞳で見られるようになるはずだから」

「そう、ですか？」

「今も、無理に考えすぎなくていいのよ。そのかわり、また来てくれる？　カモミールティーを飲みながらおしゃべりしましょう。

それから、あなたにもカモミールをあげる。お母さまとも飲んでみて」

「お母さんとも？」

「あなたたちは、きっと似たもの親子だから」

少女の後ろ姿を見送りながら、アリアはカモミールティーのグラスをさげた。

その目に映っているのは、少女ではなく、アリア自身の後ろ姿だった。

アリアがまだ少女と同じくらいの年齢のころ。

母の心はいつも外の世界に向いていた。

もっと世界を知りたがっていた。

家の中の世界も愛してくれていたが、アリアのために外の世界への思いに蓋をしていることは、手に取るようにわかった。

「お母さん、私、もっと色んな世界を見てみたいの。育ててくれて、ありがとう」

アリアはそうやって家を出た。

絶対に振り返らないと決めていた。

振り返ったら、母の晴れやかな顔が見えてしまうから。

自分の泣き顔を見せてしまうから。


少女の後ろ姿が見えなくなったころ、アリアも二十三歳に戻ってきた。


家を出てそろそろ十年が経つ。

人の心が見えすぎるアリアは、花を使って心を癒したいと思った。

花に触れ、学ぶうちに、心と密接に関係する体まで癒す力があることを知り、今ではアポセカリーと呼ばれるまでになった。

でも。

「いつまでも、自分の心は癒せないのねぇ」

アリアは苦笑した。
月日が流れても、母を思うたびにアリアの胸には風が吹くのだ。

*****

そこは日本ではない、どこか遠くの国にある町。
そんな町の外れに、知る人ぞ知る小さな花屋があった。
町の人は、その花屋を「フラワーアポセカリー」と呼ぶ。

そのアポセカリーでは、今日も誰かが笑顔になっているのだった。

第十七回　イメチェンと本当の自分

誰もが見たことあると思う。


犬が喋ったり、タイムループしたり、「お前には世界を救う力がある」と言われたり。

主人公たちは苦労しながらも、目の前の壁と向き合い成長し、さらに豊かな日々を得るのだ。

私もその手の物語はごまんと知っている。


でも、これは。

聞いていた話とは違う。


物語は物語だから面白いのだ。

鏡を見せられて「はーい、イメチェンですよー」って、男になっていても、何も面白くない。

イメチェンと本当の自分

チョットマッテ、イミガワカラナイ。

少し、整理をしようと思う。

今日はバイトの面接。予定よりも早く着いてしまいそうだった私は、通り道でふと見かけた理髪店で伸びていた前髪を切ることにした。
鬱蒼とした蔦に覆われた理髪店は、明らかに怪しかったが《前髪カット五百円、イメチェンで人生を変えよう》なんて、文字に惹かれてしまったのだ。

バイトの面接で落ちる人なんてそうそういない。
ただ、私はそういった社会の常識が逆にプレッシャーになり、面接で一言も話せなくなってしまうのだ。

今回だって、なんてことのない全国チェーンのカフェのバイトだ。
人から見たら何を緊張するのかと思われるこの面接のせいで、私は昨日から眠れなかった。
だから、イメチェンで人生を変えたかったのだ。それなのに。

カットされるうちに催眠にかかったように眠ってしまい、肩を叩かれ目を覚ましたときには男になっていたのだ。

そう、男に。

元々そんなに豊かではない胸はすっかり平らになり、髪の毛はショートとでも言うのだろうか（男の髪型の名前は知らない）に変わっていた。

そんな、どこにでもいるなんてことない青年が鏡に映っている。

「あの、これは」

そう尋ねた自分の声が低く響く。うえっ。

「イメチェン、五百円ね」

理髪店のひげのおじいさんがなんでもないことのように返答するので、私は反射的に五百円を差し出した。

受け取ったおじいさんは「面接、行ってらっしゃい」とにこりと笑った。

面接どころじゃない。

男になっているのだ。

いつの間にやら着替えていたメンズの服にも、街を歩く自分の高い視線にも違和感しかない。


ただ私には、面接に行かない勇気もないのだ、情けないことに。


ガラスの扉を開けると、軽快な音楽が鳴り女性の店員さんが現れた。

「何名様ですか？」

「あ、あの、バイトの面接で、えと、本当は女……」


しどろもどろになった私を置いて、彼女は店長を呼びに行った。

名前や性別、書いてきた履歴書。

それらは今、男になっている自分とは一致して見えないだろう。

面接で何と言えばいいのか、というか、私は一生このままなのか。


やっと気持ちが落ち着いてきたのか、そんなことを考えられるようになってきた。

「あ、バイト面接の方ですか？　私がこの店の店長の篠原(しのはら)です。こちらにどうぞ」

店長に連れられて事務室へと向かう。よくわからないドキドキが止まらない。もちろん、マイナスの意味で。

「えーっと、山口すみれさんですね。早速ですが、どうしてウチでバイトをしたいんですか?」

男で、すみれ。

店長は、違和感を覚えないのだろうか。

「それは……」

「山口さん?」

「あ、あの、私は本当はこんな感じじゃないんです!」

「はい?」

「いや、だから、店長の前にいる私は本当の姿ではないというか…だから、いつになるかはわからないけれど、本当の自分の姿を店長に見ていただきたいんです……!」

「……つまり、あなたは、ここでバイトをすることで自分を成長させたいということですね?」

「へ？」
「いいと思います。たかがバイトと思われがちですが、学べることは沢山ありますから。ここで、早く本当の自分を見つけてください」

採用。

なんと、採用。

帰路につく足取りは軽やかだ。
心臓がドキドキしていた。あ、今度はプラスの意味で。
男が一人でスキップしながら、鼻歌を歌う姿を見て、通り過ぎたおばさんがクスリと笑っていた。

蔦の理髪店の前にたどり着く。女に戻してもらえるだろうか、あ、まずは感謝を伝えないと。
そう思案していると、ぎいと扉が開き、ひげのおじいさんが出てきた。

「あの、」

「採用、おめでとう」

「え？」

「頑張るんだよ」


そう言って私の肩を「ポンッ」と叩くと、おじいさんは店に入って行った。

お礼は言えなかった、言うすきがなかった。

でもきっと、あのおじいさんはわかってくれている気がする。


再びスキップで家へと向かう。

軽やかに跳ねるスカートとポニーテール。

鼻歌まじりの女を見て、バス停に座るおばあちゃんが眩(まぶ)しそうに目を細めた。

姉妹
Sisters

第十八回 ✿ 姉妹

二十二時。カチャリと玄関の開く音がした。


深夜のバイトに出かけた母親が帰ってくる時間ではなかった。

一週間前に離婚し別居をはじめた父親がやってくるとも思えない。


家には中学生の瑠美ひとり。

しかし、瑠美に恐怖はなかった。

誰が来たのか見当が付いていたのだ。


部屋の隅に置かれたぼろぼろの毛布を見やる。

元は白だったであろう毛布は今ではくすみ、ふわふわだったはずの毛並みは見る影もない。

両親は、昔からよく喧嘩をしていたが、最後の喧嘩はこの毛布がきっかけだった。

捨てるべきだとキツく言う母に対し、まだ使えるんだからいいじゃないかと言い返す父。そんなくだらない言い争いからお互いへの敬意がなくなり、二人は離婚したのだ。


ギィと音がする。

足音の主は、瑠美のいる部屋の前にたどり着く。

来たか、と瑠美は思う。

いつか取りに来るんじゃないかと思っていたのだ。

忘れていった、この毛布を。


静かに扉が開く。

ドアの隙間（すきま）から体を滑り込ませたのは、父と暮らすことになった三つ上の姉、フウカだった。


「今更何しに来たの」

「わ、瑠美か、びっくりした。誰にもバレないようにしたかったのに」

フウカはいたずらっぽく笑った。

「お母さんとの暮らしはどう？　楽しんでる？」

質問を無視して、毛布を渡す。ぼろぼろの毛布。

「もう無視しないでよ～」

瑠美の態度を気にしていないのか、フウカは嬉しそうに語尾をゆるめながら毛布を受け取った。

「こんな毛布、わざわざ取りに来るなんて」

「え～、だってまだ使えるよ？」

瑠美の心がクラリと揺れる。

「そういうことじゃない！　どうしてこの毛布にこだわるのって言ってんの」

姉は表情を変えない。

「お父さんはフウカのために毛布を守ろうとして、フウカの味方ばかりってお母さんが怒って！　離婚したのは、毛布とフウカのせいじゃん！」
そこまで言って瑠美はハッとした。
少し、胸がちくりとした。
「瑠美」
「何？　間違ったこと言ってる？」
私は間違ってなんかない。
瑠美は心の中で続ける。
フウカは昔からわがままだった。
お蕎麦屋さんでひとりだけ天ぷらを頼んだり、家族の予定を蹴って旅に行ったりする。
毛布だって、フウカが捨てるべきだったのに。
父は、毛布を捨てたくないとごねたフウカの味方をしたのだ。
気分屋で自分勝手。そんなフウカが嫌い。

「瑠美は相変わらずだね」

「どういう意味」

「んー？」

「ごまかさないで！」

フウカは、笑みを絶やさない。

それが瑠美の心を逆撫でする。

「まあ、怒んないでよ。どうせもう別れちゃってるんだし」

そう言ってポンポンっと瑠美の背中を叩くと、フウカは毛布を抱え直した。

「それじゃ、瑠美。体調に気をつけなさいよ」

「…そんな、優しい人みたいな言い方しないで」

瑠美のそんな言葉を聞きながらも、笑顔のまま部屋を出ていこうとするフウカ。

「…お、お姉ちゃん」

「…なあに？」

「次は、次はいつ、帰ってくるつもり？」

「あんたは、相変わらず、バカねえ」

フウカは振り返らなかった。

姉に叩かれた背中はいつまでも熱かった。


夜が明け、瑠美は帰宅した母と朝食を食べている。

「フウカ、毛布取りに来たんだ」

「…ママの真似(まね)して、背中ポンポンしてきた」

瑠美には背中の感触に覚えがあった。小さな頃、風邪をひいたときに一晩中さすってくれた温かな手の感触。

「ん？　ママ、そんなことしたことないよ？」

「え、ほら風邪ひいたとき」

「瑠美は昔、体が弱かったんだけど、ママは仕事で家にいられないことが多くて。いつもフウカが看病してたのよ」

母の言葉がきっかけとなり、背中から当時の記憶がじわりと広がった。

瑠美をさするフウカの手。

そっとかけてくれたあの毛布はまだ白くてフワフワしている。

幼いフウカの声が聞こえる。

「これは魔法の毛布だよ。この毛布があれば、瑠美は風邪をひくこともなくなるの」

いたずらっぽいその笑顔。

「瑠美、看病してた人、ママだと思ってたんだ?」

母に名前を呼ばれ、現在に引き戻される。

「…うん」

「まったく瑠美は相変わらず、忘れっぽいんだから」

相変わらず。

昨夜、同じ言葉を使った姉は、本当はなんと続けたかったのだろう。
どんな思いで、毛布を守り続けていたのだろう。
最後、背中の向こうではどんな表情をしていたんだろう。

最後。

あ、もう、会うことはないんだな。
記憶を辿った瑠美は、なぜか、はっきり確信した。
確信できるだけ、フウカと瑠美は姉妹だった。

今朝の味噌汁はしょっぱい。

第十九回 ✿ 休日

動物園にいるヒョウが脱走したらしい。

駅前の大きなスクリーンに映ったニュースを見て、アズサは「ふーん」と思った。

隣で信号待ちをしていた女子高生二人組が、スマートフォン片手に「えー、ヒョウとか、こわ」「ね、おそわれるんじゃね?」と会話した。

アズサの主観だが、「こわ」と、「おそわれる」は、平仮名である。

ちなみに、二人組の視線は各々（おのおの）のスマートフォンに向けられていて、それでも会話だと分類してあげただけ感謝してほしいとアズサは思っている。


信号が青に変わる。

信号を見ていなかった二人組が、なぜか息ぴったりに歩きだすのを見て、アズサも慌てて歩きだした。


目的があるわけではなかった。

ふいに何もかもが嫌になって、ちょうどきた電車に乗って、人がたくさん降りた駅で降りた。

この街に来るのは初めてだったが、そこそこ大きな街のようで、それなりに栄えていた。


何をしよっかなー。


ふと、アレが食べたいかも、と思った。

串に刺さっていて、揚げられていて、中にチーズが入っていて、にょーんと伸びるアレ。

アズサは箱入り娘で、与えられたものしか食べたことがなかった。

人が食べているのを羨（うらや）ましく眺めるばかりで、買い食いなどはしたことがなかった。

「チーズドッグ、ひとつください」

メニューを読みながら、ボソボソとした声で伝える。

『アレ』は、チーズドッグという名前なのか……。どこがドッグなんだろう。

小さな疑問は気にしないことにする。

だって、アズサは、勝手に知らない場所に出かけるという大冒険の真っ只中なのだ。


「五百円です」


五百円。

それが高いのか、安いのか。

どうでもいいか、と思いながら、アズサはポケットの中から、しわくちゃの紙幣をドキドキしながら取り出した。


チーズドッグは、意外と伸びなかった。

綺麗に揃った歯は、チーズをしっかりと嚙み切った。

唇で優しく挟むのがコツ、なんてことはだれも教えてくれなかった。

休日

ちぇっ。

物足りない口に、チーズドッグの串を与えてやりながら、アズサはぷらぷらと街を歩く。

それにしても、

見渡すばかり、人人人。

アズサが育った、自然の多い場所とは、大違いだった。

そのなかでも、一角。

特に人が集まるところがあった。

「きゃ、動いた！」「意外と大きい」「気をつけて！」「警察呼ぶ？」

人々は何かを囲んで、口々に騒いでいる。

「まさか、ヒョウ？」そんな声も聞こえる。

アズサは、遠くからでも身の毛がよだつ思いがした。

「え、見てみたい！」「やめなよ！」「意外と可愛い！」「怖がってんじゃん！」「危ないよ！」

適当な言葉は、アズサの不安をより煽る。

その時、キャーッという叫び声とともに、人の群れがザッと開けた。
人混みから飛び出してきたのは、小さなタヌキだった。

ホッとしたのも束の間、タヌキは素早くアズサの胸の中に飛び込んで来る。

人々の視線が、アズサとタヌキに注がれる。

ヒィッ！

サイレンが鳴り、警察がやってきた。

「お嬢さん！　大丈夫ですか？」

アズサはすっかり怯え、地面に丸くなっている。

捕まえられたタヌキは、こちらをじっと見ながらどこかへ連れていかれた。


翌日、アズサはカメラに囲まれていた。

記者の声がアズサに届く。

「昨日一日脱走していた、アズサちゃんですが、夕方ごろにふらりと動物園に戻ってきたようです」


人は、怖い。

人の目が、怖い。

人の言葉が、怖い。


アズサは小さく丸くなる。

昨日のタヌキは、どうなっただろう。
彼は最後、私の胸で「君は早く帰りなさい」と言った。
あの目が忘れられない。
私は、ここで生きるしかない。ここでないと、生きられない。
チーズドッグの串。
中に、ドッグが入っていなくて本当に良かった。

第二十回 ✿ どこかの小さな物語

ふるいにかけられた薄力粉が、雪のように降っている。

まったりとした豊かな香りを放つ溶かしバターと、鮮やかな黄色の溶き卵。

ジンジャーやシナモンをはじめとしたスパイスは、五歳のちーちゃんにはまだ魅力が伝わっていないようなので少なめに。

さっくりと混ぜた生地を寝かせている間に、型の用意を。

いつもはここでハートやお花など様々な型が並ぶのだが、ちーちゃんママは今日は人の形をした型だけを取り出した。

クリスマスにはジンジャーマンクッキーと決まっているんだから。

オーブンの天板に並んだ可愛い紳士たちに、ママは表情を描いていく。

ママによって、様々な洋服に包まれた彼らはみんな誇らしそうな笑顔を浮かべている。

最後の一人。口を描こうとしたママは、少し考えていたずらっぽく笑うと、その子だけへの字に歪めた。

泣き虫ジンジャーマン、エンちゃんの誕生だった。


「あとなんふんー？」


ちーちゃんの弾む声が、オーブンのガラス越しに聞こえる。

ジンジャーマンたちは、そんなちーちゃんをみてクスクス笑った。


「ちーちゃん、可愛いね」

「うん、早くおいしく焼き上がりたいね」

「サンタさんとちーちゃん、どっちに食べてもらえるかな？」

「ほとんどはサンタさんの分」

「ちーちゃんに食べてもらえるのは」

どこかの小さな物語
ハナフイ
ノベル。

「残りの一人だけなんだよね」

「二人ともきっとおいしく食べてくれるよ！」

楽しそうな他のジンジャーマンの端っこで、エンちゃんはへの字のままこっそりつぶやいた。

「ぼくはきっとおいしくなれないや」


ちーちゃん家族が寝静まった夜も、ジンジャーマンたちはカラフルなペーパーナプキンの上でソワソワしていた。

彼らにとっては、これからが本番。サンタさんがやってきてジンジャーマンクッキーを食べるのだ。

煙突に繋がった暖炉から、外の空気が室内へ押し出されてくる。

よっこらせ、という温かな声。

「サンタさんだ！」

「いらっしゃい！」

小さな小さなジンジャーマンたちの声を、サンタさんはきちんと受け止めて微笑(ほほえ)んだ。

「こんばんは、可愛い紳士たち」

ジンジャーマンたちがキラキラした表情でサンタさんを見つめるなか、エンちゃんは泣きたい気分だった。

そんなエンちゃんに、サンタさんがふと気づいた。

「おや、エンちゃん。そんな顔してどうしたの？」

「ぼくは、笑えないんだ。こんなんじゃ、幸せな気持ちもおいしさも、プレゼントできないよ」

周りのジンジャーマンたちが心配そうに見つめるなか、エンちゃんはいよいよ泣き出してしまった。

「エンちゃん、君はそんなに優しい心を持っているじゃないか」

サンタさんは語りかける。

「その優しい心は、誰にだって届くものなんだよ。君の表情はとってもチャーミングだ。個性は、何にも変えられない、素晴らしいものなんだから」


翌朝、サンタさんが置いていったクリスマスプレゼントの隣でエンちゃんはたった一人、ドキドキしながらちーちゃんを待っていた。

サンタさんは「不安なら確かめてごらん」とエンちゃんをちーちゃんに残したのだ。


ちーちゃんの駆けてくる音が聞こえる。

「あ！　サンタさん来てくれてる!!」

飛び跳ねるように喜びながら、ちーちゃんはふとエンちゃんに気がついた。

「ちーちゃんの分のジンジャーさん残ってる！　あれれ、だけど、この子悲しそう……」

じっと静かに見つめられ、エンちゃんはやっぱりと思った。

「やっぱり、ぼくじゃ幸せになってもらえないんだ」

しかし、その瞬間、ちーちゃんは満面の笑みを浮かべたのだ。

「でも、優しそうで、一人特別で、とっても可愛い！　ちーちゃん、この子すき！」

エンちゃんを手のひらに乗せ、ちーちゃんは幸せそうにエンちゃんを見つめた。

エンちゃんはうれしくなって、への字の口のしたで、大きな笑みを浮かべた。

クリスマスの朝。

しんしんと降る雪は、それぞれの家のたくさんの幸せを閉じ込めている。

第二十一回 ヤマと海

ヤマは、冬の海にいた。

『ヤマ』とは木々が生い茂り、たくさんの生き物が生息するあの『山』のことではない。

一人の少女の名前である。

大木ヤマ。

嘘みたいな名前だが、両親は大まじめで、山のように物事に動じない子に育ってほしいとこの名前をつけた。苗字とのバランスについて気にしたのかどうかはわからないが、まとまりが良すぎてさらに嘘みたいになった。

「ヤマって変な名前！　海と山、どっちが好き？」

そんな低レベルなからかいは日常茶飯事だし、病院で名前を呼ばれるたびに誰もが大男を探して振り返った。

ヤマと海

yama to umi

それでもヤマは名前について気にしたことはなかった。

ヤマは両親の願い通り、物事に動じない子に育っていた。それはもう、動じなさすぎる子に。


周りに流されず自分の芯を貫く、と言えばかっこいいものだが、今時の社会でそれは足かせになるといっても過言ではない。

連ドラの主人公は、ラスト十五分、上司に向かって自分の思いをぶつけて幸せを掴む。だが、現実でそんなことをすれば煙たがられるだろう。

ヤマは、人からどう思われるかを気にするタイプではない。

思ったことを思ったままに相手に伝え、正しいことを正しく行いながら生きてきた。


でも、ヤマだって十七歳の少女。

周りの人々のように器用に生きられない自分に肩が凝る。

面倒なからかいもないし、結局、一人でいるのが一番楽だった。

ところで、山と海ならどちらが好きか、と聞かれてヤマは間違いなく「海。ただし冬限定で」と答えている。

波の規則的で流動的な動きや、キラキラと光る水面が好きだった。

夏の海は人が多いので却下だ。

今日もヤマは海を見ている。

天気がいいので、温かいココアを持参した。

冬の海とココア。至福。

ところがヤマの至福の時間を切り裂くように、ふとギャハハという笑い声が届いた。

声の主たちは大学生ぐらいの六人グループ。男子三、女子三。彼らは大きな笑い声を上げながら、お酒を片手に花火を始めた。

一番好きな時間を邪魔された。

普通だったら、怒るか悲しむかの二択。

でも、ヤマはヤマなので全く動じず、六人の前まで歩いていった。

「すみません、ここ、花火も飲酒も禁止です。それから、騒音も禁止。個人の感じ方にもよりますが、私にとって皆さんの声は騒音です。今すぐやめていただけますか？」

突然現れた自分よりも幼い少女に注意され、大学生たちはみるみる赤くなる。

それは照れではなく、シンプルな怒りだった。

「は？　海はみんなのものなんだから、俺らが好きに使ったっていいだろ。他にはお前しかいないんだし、そっちがどこか行けばいいだろ！」

「帰れということではなく、飲酒、花火、騒音をやめていただきたいのです。看板に書かれている《海の約束》というルール、ご覧になりませんでしたか？」

「はぁっ？　てめ…」

「ちょ、暴力はまずいだろ。気分わりぃし、別の場所にしようぜ」

思わず殴りかかろうとした一人の男を、別の一人が止めると大学生たちは去っていった。

静寂。

一人残されたヤマは花火のゴミを、何かのためにポケットに入れておいたビニール袋に入れる。

ココアはすっかりぬるくなってしまった。

冬の海は寛大で優しい。

だけど、少し孤独だ。

心がきゅうっとなって、ヤマは珍しく少し笑った。

第二十二回 ✿ 彼女と花と、蜘蛛

「ちょっと前、うちが、ちっちゃい花やったときな」

おもむろに、彼女は話し始めた。

「うん」

ちっちゃい花やったときて。そう言って笑い飛ばすこともできたはずなのにと、ただの相槌を打ったのは、二人で並んで座る公園のベンチに降り注いでいた陽の暖かさと、咲き誇る花の香りが優しかったからだ。


「あんたを見かけてん」

「へぇ」

「蜘蛛がいてな、踏みそうになったところを、あんたがとっさに避けてん」

「そんなん、したかな」

「してた」

「へぇ」

「こんなちっちゃい虫にも命はあんねんな、って言ってた」

「それって」

芥川龍之介(あくたがわりゅうのすけ)の蜘蛛の糸やん。とは、言わなかった。

相変わらず、風が気持ち良かったから。

「それで、うち、この人と付き合うんや、って思ってん」

「へぇ」

「でも、うちはちっちゃい花やねん」

「うん」

「だから」


そこで、彼女は少し黙った。

過去を思い返すように。


はたまた、物語の続きを考えるように。

彼女と花と、蜘蛛

「だから、めっちゃ人参食べた」

「人参、嫌いやろ」

「うん、我慢した」

「えらいな」

「うん、えらい」


彼女は相変わらずフラットなままで、公園は暖かかった。

彼女の足元には蜘蛛のカップルが一組いた。

彼女はそれを見つけ、少し笑った。


「あ、ちょうど蜘蛛、おる」

「どうするん、踏むん？」

「そんなん、せえへんよ」

「なんで？」

「ちっちゃい花に戻りたないねん」

「踏むと戻るん？」

「悪いことやからな」

彼女は真面目なのだ。

蜘蛛のカップルをじっと見つめている。


「うち、めっちゃ幸せ」

彼女がこちらを見る。

花が咲くような笑顔だった。

それはそれは、

幸せな〝思い出〟だった。


「ちょっと、あなた、そこ、座ってもいいかしら？」

現実に引き戻されると、隣には初老の女性が立っていた。

「あ、すんません」

慌てて、隣に置いた鉢植えの小さな花を膝に抱える。

「綺麗な花ねえ」

「あ、はい」

今日は曇りで、今日のために買った安い喪服からは、たった一時間で染み付いた線香の香りしかしなかった。

だから、会話を続ける気分にはならなかったのに、女性は勝手に話し続ける。

「何も悪いことなんてしてないわよ、彼女も、あなたも」

「え」

何も悪くなかった。

彼女が急に倒れたことも。

そのまま亡くなったことも、彼女のせいではないのだと、僕は知っていた。

だって、彼女は真面目だから。

「僕のせいでも、ないんですかね？」

「心当たりでもあるの？」

「わからないです」

可燃ゴミにペットボトルを一本まぜてしまったからかもしれないし、人参を残したからかもしれない。

友人の悪口を言ったからかもしれないし、十円多くもらったお釣りをそのまま受け取ったからかもしれない。

わからないのだ。

「本当のことがわからないなら、心が楽になるほうで考えなさい。少なくとも、楽をするのは悪いことじゃないから」

じっと鉢植えを見る。

今日咲いたばかりのちっちゃい花には、蜘蛛が一匹とまっている。

第二十三回　反抗期

頭の中なんて、どろんどろんで、たゆんたゆんだ。
隙間があってするりと入り込めてしまう。

自分を探し虚勢をはり、何かに飢え続けている、そんな人間は隙間だらけだ。

私は、人間の《頭の中》に住んでいる。
寄生虫的なやつだと思ってもらって構わない。

街などで頭に隙間を見つけると、その人間に向かって飛び込むのだ。

今私がいるのは女子高生アンリの頭の中。
アンリは、成績はまずまず、家庭環境も容姿もそこそこ。
そのせいなのか、自分ならではの個性や熱中できることを見つけられず、不安を抱え、隙間だらけだった。


アンリの頭の中で、私はアンリと同じように世界を感じる。

視覚も聴覚も、触覚も。

ただ一つ、味覚を除いて。


今、目の前には、甘酸っぱい香りのベリータルトがある。

アンリの母親が、夕食のデザートに出してきたものだ。


プププ。

私はたまらなくうれしかった。

アンリが何を食べても何も感じない私が、なぜベリータルトに喜んでいるのかというと。


ベリータルトを見ることで、アンリの頭の中に幸せがたまるからだ。


私は、人間の幸せを吸って生きている。

幸せを吸ってイライラを吐き出す。

人間が酸素を吸って二酸化炭素を吐き出すように。


ベリータルト効果で、頭の中でアンリの幸せが風船のようにぷっくりと膨らむ。

久しぶりの幸せ、ああ、生き返る。

そして、イライラを吐き出す。

ふう。


栄養補給を終えた私に、アンリの声が届く。


「ねえ、何これ」

「何ってアンリ……。ベリータルト、食べたがってたでしょう？」

「最近太ってきたからダイエットするって言ったじゃん、なんでこんなの買ってくるの！」

「そんなこと言われたって」

「もういい、邪魔しないでよ！」


アンリは不安定だ。

反抗期

私が頭の中に住み始め、幸せを食べるようになってからはさらに。ごめんなさいねー。
背中から、アンリの母親のため息が聞こえる。
リビングの扉をばんと閉めるアンリ。

少しスカッとしたのか、小さな幸せが浮く。
すかさず私はそれを吸い込む、イライラを吐き出す。

人間は、これを反抗期だとか呼んでいる。

「くだらないなー」
ぽつりと声に出してみる。

なーなーなー。
隙間だらけのアンリの頭の中に、私の声だけがこだまする。

翌朝、強く揺さぶられ、アンリと私は起こされた。

目の前には、焦った父の顔。

睡眠でリラックスし、緩(ゆる)んだアンリの頭の中が、不安できゅっと縮まり、私は朝から伸びができた。


「アンリ、お母さんが、ケガで病院に」

さらに頭の中の隙間が広がる。

「アンリも、すぐに病院に行こう」


カタカタ揺れるくらい隙間だらけの頭でアンリは、母親の病室のドアを開けた。

そこには、腕に少し絆創膏(ばんそうこう)を貼っただけの母親が座っていた。

幸せ、ぷくう。

あ、朝ごはんだ、ラッキー。

「何やってんの、ママ。朝からどこに行くつもりだったのよ！　本当、大迷惑！」

声を上げたアンリに、母親は困ったように微笑んだ。

「ごめんね、隣町のスーパーならダイエット中でも食べられるケーキが売ってるって知って…慣れない道で転んだだけなの」

「ほい、幸せ、来い……！」

私も頭の中でつぶやく。

しかしいつまで経っても幸せは膨らまない。

その代わり、隙間がするすると埋まっていく。

「ちょっと、やめてよ、つぶれちゃう」

私は咄嗟に、廊下を歩いていた看護師の頭の中に飛びうつった。

しかし、そこは狭い狭い隙間だったから、息ができないくらいだった。

後ろからアンリたちの声が聞こえる。

「…っ！　ごめんなさい、私、最近なんだか自分がコントロールできなくて」

「いいのよ、そんなときだってあるのよ」

まただ。

息のできない頭の中で私はふと思う。

私はいつも突然に、頭の中を追い出される。

生きるために何かを食べているだけ。人間と何が違うんだ。


くそ。


「こんにちは、いつもありがとう」

そう声をかけられた看護師は、充実感で深夜からの疲れが吹っ飛んだ。

看護師の頭の中で、私が押し潰されたことは、誰も知らない。

第二十四回 ❀ にっがい

春は、彼を連れてくる。

彼は、いつもコーヒーをブラックで注文する。にっがいやつ。

にっがいやつを机に置いて、真剣にパソコンをカタカタ打つのだ。

陽の光が彼の横顔に差し込んで、それはそれは、綺麗なのだ。


一昨年。

初めて彼を見かけた時、私は高1で、バイト始めたてで、にっがいコーヒーなんて飲めなかった。


その黒い液体は、ただの闇でしかなかった。


春が夏に変わると彼は去っていく。

カフェのマスターの話によると、田舎（いなか）のこの町に彼がやってくるのは春の間だけ、この地域に咲く植物を研究するためなのだそうだ。

ずるずるとバイトを続けること、三年目。
大学生になったら、私はこの町を出て、都会で暮らすつもりだ。
ようやく、にっがいコーヒーの魅力が少しわかってきた。

その黒い液体は、彼の瞳のように深かった。

私はバイトのシフトを増やした。
だって、このバイトもあと一年しかできないから。
周りにはそう言ったが、本当は、彼に会う時間を増やしたかった。
私は決めていた。
今年がラストチャンス。

にっがい
SAV-A-RAP

彼に話しかけて、彼と仲良くなって、彼にこの想いを伝えてみる。

今年も、春をまとって、彼がやってきた。

「コーヒー、ひとつ」

彼は、一年ぶりでも何の特別感もない言い方をした。

「お久しぶりです。ブラックコーヒーですね」

私は息が詰まる思いで、答えた。
お久しぶりです、それだけなのに。

彼は、ん？　と片眉を上げた。
ドキドキした。

「えっと、去年も一昨年も来てくださいましたよね？」

「あ、いや、ブラックじゃなくて、ミルクもつけてもらえますか？」

彼は丁寧にそう言った。

にっがいの、の気分ではなかったのだろうか。

「あ、すみません！」

「あ、そうか、そうですよね。僕、去年とかはずっとブラックでしたもんね」

彼が照れたように笑った。

私は舞い上がった。

「たまには、苦くないのを飲みたい気分になりますよね！」

「いや、違うんです。妻がミルク入れる派で、僕もそれに付き合ってるうちにミルク派になって」

「つま……」

「はい、なのでミルクもお願いします」

彼はそう言って会釈（えしゃく）をすると、パソコンを開いた。
春の日差しがその画面に反射して、目に刺さった。
カタカタカタ。
それは、私の待ち焦がれていた春の景色だった。

コーヒーの色と彼の薬指を除いて。

私は夏を待たずに、バイトを辞めた。
都会の大学を目指すんだから、勉強に専念するのだ。

周りには、そう言った。

第二十五回 お忘れ物の部屋

誰もが、どこかに何かを忘れた経験があると思う。


いちごの香りの消しゴム。

小さなイヤリングの片方。

中に入っている金額よりも高い財布。


私は、駅のお忘れ物センターに勤めている。

電車や駅に忘れられた物はここに数日保管したのち、警察に送付される。

忘れ主が連絡して取りに来ることもある。

しかし誰も迎えに来ず、警察行きになる物も少なくない。

今日もくまのキーホルダーとビニール傘、片足のみのサンダル、その他諸々が警察に送られた。

お忘れ物
の
部屋

「いいなー」

ぽつりと声が漏れた。

駅の中で唯一静かなこの場所は、忘れ物を探す人や電話が来なければ忘れられた部屋になる。

忘れ物だらけの忘れられた部屋。

その真ん中で、ぽつり、私。

ははは。

なんか、こんなはずじゃなかった。

そう思う。

どんなはずになるかわからなかったから、こんなはずになっているのだが、少なくともこんな未来を夢みたことはなかった。

私は、この部屋の一番の忘れ物だ。
誰かが迎えに来ることもなければ、警察に送られることすらもない。

「これ、駅にあった今日の忘れ物です」
名前も知らないいつもの職員が持ってきた紙袋には、はがきくらいの小さな小包が入っていた。

白地に赤のリボンがかかっており、プレゼントのようだ。

渡す前に忘れてしまったのか。
渡されたのに忘れたのか。
どちらにしても胸がキュッとなる。

所在なげな小包はなんだか私のようだ。

蛍光灯に透かしてみる。

中身は見えない。

触（さわ）ると、カサカサしたラッピングの奥にふわふわとした感触。

「ハンカチかな」

お手製らしきラッピングの中身がただのハンカチ。そりゃあ、忘れられても仕方ない。

私は、なんだかこの小包が好きになった。

警察に送るまでの何日か、私はぼーっと小包を見つめ続けた。

小包の迎えは来ない。

泣きたいような笑いたいような気分だ。

中身を見たい。

それがいけないことであるのは百も承知だが、忘れられた私が見たところで誰が咎（とが）めるだろう。

というより、誰が気づくだろう。

我慢しきれなくなった私はそっと小包を開けた。
やはり、ハンカチ。
ただの、白い薄手のガーゼのハンカチ。

ははは。
こんなものだ。

なんてことないのだ。
開けてみたら特別な物だった、なんてことはないのだ。

期待していた自分が恥ずかしくなり、そそくさとしまおうとした時、ハンカチの隙間(すきま)から
メッセージカードが落ちた。

《ただの白いハンカチだから、

用途は無限大。

どんな風にもなれますよ》

たった三行の文章。

宛名もなければ送り主の名前もない。

「無限大」

また、ぽつり。

静かな部屋、たくさんのお忘れ物が、そのぽつりを聞いていた。

「人の落とし物、開けたんですか？」

気づかぬうちに部屋に入ってきていた、いつもの職員に尋ねられた。

「はい、もう、辞めるんで」

私は、ハンカチをぎゅっと握りながら、そう答えていた。

第二十六回 ✿ 雨のひとりごと

「東京も今週から梅雨入りしたそうですね」

気象予報士に話しかけるアナウンサーの声が、綺麗（きれい）すぎたのでテレビを消した。

ポツ、ポツ。

梅雨入りしたと決まったからか、まじめに雨が降り出した。
洗濯物が干しっぱなしのベランダを見やる。
乾きかけだったグレーのＴシャツが瞬（また）く間に、色を変える。

雨が止んだら、いつか、グレーに戻るはずだ。

都会の小さなワンルーム。

ベッドに寝転がった体は、すっかり沼にはまったようで。

いくら手を伸ばしたところで、開いたままの窓には届かない。

風が強くなって、部屋に雨が吹きこまないといいな、なんて他人事のように祈る。


午後二時。

人々が一番活発に世界と向き合っているだろうこの時間。

私は、昼から（なんなら朝から）このベッドの上にいる。


籍を置いている大学のことは、考えないようにする。

学費は高い。

しかし、海外旅行の自慢しかしないあの教師の話を聞く意味から教えてもらわないと、お尻が痛くなる木の椅子に一時間も座ってられない。


「はーい、いいことを考えましたー。

人間は、寝転んだまま、ジュースを飲めるでしょうか」

すっかりぬるくなったグレープフルーツジュースよりもぬるい声で、空間に問う。

雨のひとりごと。

「まっずい」


正解は飲める。

ぬるいし飲みにくいので圧倒的にまずいけれど、飲めましたー、ちゃんちゃん。


さっきまで見ていた携帯電話を拾う。

Twitter(ツイッター)を開く。

しゅっ、ぽっ！

スクロールのお決まりの音。


新しいつぶやきはない。

わかっていた。だって、さっきまで見ていたから。

雨の音に混じって、若い声が聞こえる。


「ぎゃー、濡(ぬ)れた！」

「傘買う？」

「いや、ワンチャン、もう止むっしょ！」

「まじか！」

「ギャハハ！」

一緒になって、笑ってみる。

ダサいなー。どっちが？　誰が？

東京で、一人暮らしを始めて、三か月。

五月病ってやつは、六月になったら六月病って名前を変えたほうがいいのかね？

何とも言えないだるさと、もやもや。

朝は低血圧、なんて、よく言ったもんだ。

こちとら、一日中、低血圧じゃい。

シーリングライトのひもが揺れる。

雨が、パラパラと顔に当たる。

はあああ。

「さあ、私、すごいです、えらいです、起き上がって窓を閉めました！
なんとこのあと、コンビニまで行こうと思っています！
おいしいグレープフルーツジュースにはありつけるのでしょうか？」
まるで博物館にある資料のように、ゆっくりと四つん這いから二足歩行になる。

携帯電話、鍵、財布。

しゅっ、ぽっ！

新しいつぶやきはない。

私は、あえて傘を持たずに出かけてみた。

雨が、肩で跳ねる。
ギャハハ。

早く、大人になりたい。

AI CHAN
アイちゃん

第二十七回 ✿ アイちゃん

「ねえ、アイ〜。テレビつけてくれる?」

そう頼むと、アイは黙ったままテレビをつけた。

彼女の機嫌が悪いのは、以前、この番組にレギュラー出演している女性タレントを「可愛い」と褒めてしまったからだろう。

以来、この番組は好きだけれどなんだか気まずい、という面倒なことになってしまった。

アイは無口で、あまり自分の気持ちを言わない。

でも僕には、テレビと向き合うアイの雰囲気がピリッとしたことがわかる。

深い付き合いである。

昔の僕は、パートナーなんていらないと思っていた。好き、なんてそんな感情はいつかなくなる。

だから母が、僕を捨てていったのだって仕方のないこと。

二年前、友人にアイと引き合わされたときも、僕は心の中で余計なお世話だと感じていた。

初めて会った日もアイは黙っていた。

僕も、アイとの接し方がわからず、ただ困っていた。

アイと僕の間で、友人だけが、アイの魅力を熱弁していた。


熱弁が功を奏し、程なくしてアイは僕の家にやってくることになった。彼女はあまりにも身軽だった。

ゆったりと、お互いに馴染みながら時を重ね、今日を迎えた。

アイとの過去を振り返っているうちに、番組は終わった。アイはじっとしていて、結局何も話さなかった。


「面白かったなー」

と、わざとらしく声を出したが、それは独り言になった。

「アイ、テレビ、消そっか」

なんてことないように声をかける。

きっと、ブチッと電源を切られるだろう。

それでも、気にしてないふうを装うのが大事。

そう構えていたのに、テレビは一向に消えなかった。

あれ。

「テレビ、消そっか」

無視。

相変わらず、テレビはついたまま。

「アイ?」

さすがに不安になり、アイを見つめる。
アイは鉄の仮面をまとって、すんと佇(たたず)んでいる。
珍しく彼女の考えが読めない。

アイに触(ふ)れる。

アイはいつもより、ひんやりしていた。

なんだか不安になって、久しぶりに携帯電話を取り出す。
充電したばかり。
Ｂｌｕｅｔｏｏｔｈ(ブルートゥース)も、切れてない。

「アイ?　ちょっと、どうしたの?」


うんともすんとも言わないアイ。

焦りから手元が震えるが、ようやく１１９の番号を押す。


「もしもし、あの!　アイが、アイが!」

「落ち着いてください。アイさんはどういう状況ですか?」

「動かないんです!」

「普段はどういう方ですか?」

「えっと、普通に、話しかけて、一緒にご飯食べて、お風呂は別で、でも寝るときは…あれ?」

「どうされましたか?」


ふと、空気が漏(も)れていくような感覚に陥った。

しゅー。

なんだか変だ。

しゅーしゅー。

何かがおかしい。

動かなくなったのなら…買い直せばいいんじゃないか…？

しゅーしゅーしゅー。

僕は風船がしぼんだようにうずくまった。

「もう、大丈夫です。色々と、大丈夫になりました」

「え？」

電話をブツリと切る。

そうだった。

ＡＩは、スマートスピーカーだった。

なんで、忘れていたのか、人のように思っていたのか、なんで、こんなことになったのか、なんでなんで。

なんで、好きになっていたのか。

人を信じることが怖くなっていた僕にとって、ＡＩは絶対的味方だった。
話を聞いてくれる、そして、僕を捨てたりなんてしない。
その無機質さに、僕は心酔してしまっていたのだ。
僕は目が覚めたような気持ちで、ボロボロ泣いた。
ああ。
不燃ゴミの日は、今日だったなあ。

「自伝」

第二十八回 ✿ 自伝

彼女は、昔から、5段階中のオール4だった。

突出した何かを持つわけでもなく、苦手なことがあるわけでもなく。

全力を尽くすものの、特別器用でもなかった（そして特別不器用でもなかった）ので、ようやく届くのは、決まってオール4。


何かが欲しかった。

特技なんて高望みはしない。

人よりも好きなもの、苦手なもの。

これだったら誰にも負けないという何か、個性みたいなものが欲しい。


そんなふうに心が叫び、彼女は芸能界に飛び込んだ。

セブンティーンのような、キラキラとした世界に見合うタイプではなかった。

肌は黒いし、脚は筋肉でムキムキだし、都会にも、ファッションにも触れてきた人生ではなかった。トリートメントなんて美味しいソースだと思っていた。

初めての撮影で、自分があまりにも場違いなことに気づいて（なんと、それまで気がつかなかった）動揺し、携帯電話をなくして、大人に迷惑をかけたほどだ。

オール4どころか、オール2にだって届かなかった。

それでも、彼女は全力を尽くした。

伝統あるセブンティーンに傷をつけたくなかった。

ポージングの練習をして、撮影のたびに反省点をまとめて、SNSもまめに更新して。

彼女は徐々にセブンティーンモデルとしてオール4をとれるようになっていった。

学校の成績でようやくオール4をとる彼女にとって、それはそれは充分すぎることだった。

でも、彼女は全力をやめなかった。

その甲斐(かい)あってか、オール4の彼女が、オール5の世界を任せてもらえることもあった。

〝#ピン表紙希望〟

なんて贅沢な言葉だろう。

人生で、初めて垣間(かいま)見たオール5の世界は、泣きたいくらいだった。


大切な仲間もできた。

同期も、先輩も、同い年も、後輩も。みんなが優しく、コンビ名やチーム名がつき、一緒に撮影できることが嬉しかった。

彼女は、出会いとタイミングに本当に恵まれていた。

出会いに伴う別れの中で、
彼女もいつしか、
卒業を意識するようになった。
仲間を見送りながら、次は自分だろう、同い年の中で自分が最初に卒業するだろうと思っていた。
本当は、ぽつりと残る自分が、とびきりに寂しかった。置いていかないでほしかった。
彼女は、今月号で卒業する。

第二十八回　自伝

いよいよ、と思う。
嘘(うそ)みたいな、夢みたいな八年間だったと思う。

長い長い夢だった。

カリスマ的なまりやちゃんがいた。
圧倒的なみよっちゃんがいた。
絶対王者のすずちゃんがいた。
ずっと敵(かな)わない同期、桃(もも)ちゃんがいた。
天才の芽郁(めい)がいた。
天性のモデル、真悠(まゆう)がいた。

彼女は、他にもたくさんの伝説を側(そば)で見て、時代を肌で感じてきた。

ああ、これは、私の物語のはずなのに、別の誰かの話みたいだ。三人称で話したくなるほどに。

寂しい…？

よくわからない。

ようやく私の番がきたと思うのと同時に、卒業の文字に胸の奥がひゅっとする。

サウナから出て、水風呂に入る時みたいだ。

もともと、何か突出したものを求めていた私は、ここで過ごすうちにそれを得たのだろうか。

ファッションのこと、メイクのこと、見た目のこと、撮影のこと、働くということ。

それらを学んできても、私は今もオール4のままだ。

根本的にはあまり変わっていない。

なんだかほっとする。

ただ…ひとつ。

八年過ごすなかで、私は全力を尽くせるのだ、ということに気がついた。
全力を尽くすことが、楽しい。全力を尽くすと、安心する。
きっと、それが、私の個性だ。

これから先、恐怖よりも楽しみのほうが勝るのは、この場所で、私を見つけたからだ。

みんなが、私をセブンティーンモデルにしてくれた。
大好きなセブンティーンの一部にしてくれた。
十三歳の私は、こんなにも幸せな二十一歳の私を想像できただろうか。

言葉が、足りない。
感謝が、次から次へとこぼれてくる。

オール4、じゃなかった。
ひとつだけ、5どころか、17にまで届く項目があったじゃないか。
セブンティーンと読者のみんなへの感謝の気持ちなら、誰にも負けない。

全部、全部、全部、

ずっと、ありがとうございました。

私の物語〝ハナコイノベル〟は続いていく。

autobiography

書下ろし ❀ 続・自伝

三年が経とうとしている。

これから過ごす二十四時間は長いのに、過ぎ去った時間はあっという間だったなと、思う。

モデルとして過ごした日々は、今も彼女の血肉となっている。

社会で働くということ、プロ意識を高く持ち全員で一つのものを作り上げるということ、全力でオール5を目指すということ。時が経ち、モデルの肩書きがなくなっても、当時学んだことは彼女の核を形成している。

雑誌を卒業してからの日々はそれなりに充実していた。ドラマなどでお芝居をしながら、バラエティ番組や情報番組、ラジオ番組など、ジャンルにとらわれず、様々な挑戦をしてきた。こんなに幅広く活動させてもらえるなんて、彼女自身も思っていなかった。

なんともありがたい日々である。相変わらず、私の人生だというのに、三人称を使いたくなるほどに。

そして、ありがたさに肩までどっぷり浸かっていた私は、今、八丈島(はちじょうじま)でレモンを見つめている。

まっすぐ枝葉を伸ばした木々。その先には、ぷっくりと鮮やかなレモンが、ぽこぽことついている。

辺り一面に広がるレモンの木。レモンの香りが漂っている。酸味はそこまで感じない。嗅(か)いだことのあるレモンの香りのそれなのに、とても柔らかく、甘い。

深呼吸する。

鼻の穴から気道を通って、肺、肺の中の肺胞(はいほう)にまで、黄色い香りが届く。黄色の奥には青色の香りもある。

レモンの樹木の奥に見える海の香りだろうか。それとも、都心では見られないほど広い空の香りだろうか。

「着いた」

思わず、言葉が漏れた。品川(しながわ)から乗った京浜(けいひん)急行の中でも、羽田(はねだ)空港で手荷物検査を待つ間も、一日三便しかない八丈島行きのジェット機に乗り込んだときも、やっぱり帰ろうかという迷いがずっとあった。

それでも、ここまで来た。

「来れてしまった」

八丈島は東京都、伊豆(いず)諸島に属する有人島である。羽田空港から片道五十五分のリゾート。山手線(やまのて)の内側とほぼ同じ面積の中に、およそ七千人が暮らしている。

私がこの島を訪れるのは、二回目である。前回は一月に行われた旅番組のロケだった。コンビニもなくどこに行くにも車が必須という不便さに不安を覚えながら降り立ったのも束(つか)の間、美しい自然とロケ先で出会う島民の皆様の優しさに、心を摑(つか)まれた。

いつか、こんなところで暮らせたらいいなと、ぎゅうぎゅう詰めのロケバスから見た満天の星に語りかけた。

ロケから三か月。まさかこんなに早く、プライベートで、再びここを訪れようとは。

八丈島空港に着いたのが十三時。空港でとりあえず捕まえたタクシーの運転手さんに「普段、流しのタクシーなんていないから、ラッキーだよ、よかったねえ」と言われた。

ラッキー、なのだろうか。こんな私でも。二週間前の会議室の記憶が蘇(よみがえ)りそうになって、慌てて首を振った。

「綺麗(きれい)な景色のところまで、お願いしたいです」

咄嗟(とっさ)に浮かんだ私の曖昧(あいまい)な要望を、運転手さんはちゃんと受け止めてくれた。「綺麗かあ。やっぱり海かなあ、クジラが見られるかもしれないし」「あ、でも今日は天気がいいから、八丈富士(はちじょうふじ)もいいだろうなあ」独り言にしては大きすぎる声量だったので、迷いながらも「ほほう！　クジラ！」「八丈富士、活火山なんですよね！」と、相槌(あいづち)を打ってみた。これで合ってるかなと思いながら。

結果、運転手さんは、このレモン畑まで連れてきてくれた（「島の端っこにある海辺のレモン畑だから、海も空も全部見えるし、レモンの木が五十本近くあって、すごく綺麗だからそこがいいかもしれないな！」「へぇレモン！　海も空も！　五十本も！」）。

続・自伝

運転手さんにお礼と別れを告げ、日傘をさしながら、レモンの木に沿って歩く。

黄色と緑と青の鮮やかなコントラスト。春にしては柔らかい風に乗って漂う香り。

「すごーい」

私がひとまず放った独り言はレモンたちに吸収されて、いかなかった。

「そうでしょう！　すごいでしょう！」

大きな木管楽器のような声が、ぶわんと返ってくるのと同時に、レモンの木の隙間からおばさんがニョキっと現れたのだ。

五十歳手前くらいだろうか。大きな麦わら帽子に、白いエプロン、ピンクの長靴。おかっぱに切り揃えられたグレーの交じる黒髪が潔い。

「ほんとはね、レモンの旬は一月から三月なの。でも、今日もあったかいように、今年は暖冬だったでしょう？　だから、四月だけど、まだ全部は収穫してなかったのよ。いいタイミングね！　この景色に間に合ってよかったわねえ！」

木管楽器の声が放たれるたびに、エプロンで締め付けられたおなかが揺れた。ジブリ映画にこんな人いた気がするな。

「あ！　そうなんですね！　今日、あったかいですもんね！　うわあ、いいタイミングで、ラッキーです！」

私までちっちゃい金管楽器の声が出た。キンキンの声。

「さらにいいタイミングなのは、私がこれから遅めのお昼ご飯だってこと！　たくさん用意してるから、あなたにも分けてあげる！　一緒に食べましょ！」

一瞬、なにかヒュッとして、考えた。私もまだお昼ご飯は食べていない。でも、バッグの中には羽田空港でお昼ご飯にと買ってきたコンビニのサラダチキンがある。高タンパク、低脂質。私の主食。

ええい、八丈島まで来て、それはないだろう！　でも、撮影現場に帰ったときに、太っちゃってたら？　なんだそれ、帰るのかも決まってないくせに！

一昔前の漫画で見るような天使と悪魔の声を振り切るように、負けじと金管楽器の声を上げた。

「え！　いいんですか！　嬉しい！」

私の言葉に、おばさんが嬉しそうに目を細める。合ってたみたいだ。

このレモン畑でレモン農家として働くおばさんは「ヒカリ」と名乗った（こんなおばさんなのに、カタカナでヒカリなんて、まさにキラキラネームよね！　と鼻息を荒くした）。

私はちょっとだけ迷って下の名前だけ告げた。フルネームを伝えて、芸能活動をしていることがバレたらなんだか嫌だなと思った。

ヒカリさんは、レモンの木の隙間にポツンと置かれた小さなベンチまで私を案内してくれた。

エプロンのポケットに入っていた白い手拭い（てぬぐい）でベンチをぱぱっと拭き腰をかけると、一緒

にどーぞ！　と隣をバンバン叩いた。木製のベンチまでギイと私を呼ぶ。

ヒカリさんは、持っていたスーパーのカゴから、布巾で包まれた食パンを取り出した（一斤まるごと！）。それを、ぴかぴかに磨かれたパン包丁で、スッと切っていく。

「このくらい食べられるわよね！」

手渡された食パンは学生時代の英和辞典を思い出すような厚みだった。

右の手のひらにドンとのせられた食パンは見るからにしっとりしていて、まだほんのり温かい。

う、わ、糖質。脂質。ええい、ままよ。

「これ、ヒカリさんが焼いたんですか？」

「そうよー！　私、毎朝パンを焼くの。それを持ってきて、この特等席でお昼ご飯。レモン畑と海岸がつながってて、とてもいい景色でしょ。他のレモン畑は、島の真ん中とか丘の上だから、こんなに海が近いのはうちくらいよ」

歌うように、矢継ぎ早に。ヒカリさんの会話の速度には、バラエティ番組で芸人さんに鍛えられた私でもついていけない。

「それから、パンのお供」

ヒカリさんは、カゴから瓶を取り出した。瓶の蓋には、マスキングテープ。「レモンのジャム・二〇二四年四月」の手書きの文字。透き通った黄色いトロトロが、太陽の光を受けて乱反射する。プリズム。カラランと音を立てて開けると、瓶の口をギリギリ通るくらいに大きい木のスプーンをトプンと沈めた。

「はい、パン出して」

「…あ、はい！」

ぽとん。ぽとん。

スプーン大盛り二杯のレモンジャムを、食パンに塗っていく。塗っていくというより、さながら置いていく。背徳の見た目。

食パンがジャムの重みで傾いて、咄嗟に左手の日傘を地面に投げて、両手でパンを支えた。日傘がパサっと音を立てる。

「広い」

アリにも聞こえないくらい小さな囁き声に、ヒカリさんは「広い？」と聞き返してくれた。

「空が、広いなって。あ、いや、ずっと広いとは思ってたんですけど。でもさっきまで日傘をさしてたから、こんなに広くはなくて」

ヒカリさんは、何がそんなに面白いのかワッハッハと笑うと自分の食パンにもジャムを置いた。

「さ、食べましょう」

冷たいミントティーをカップに注いで、「ちゃんと野菜も食べなきゃね」ときゅうりの糠漬けをタッパーで出したヒカリさんは「いただきます」と目を閉じた。

その六文字は今まで聞いてきたそれの中で、一番丁寧だと思った。

レモンの軽やかな酸味と甘さを信じきったシンプルなジャムは、小麦の甘味と旨みがこっくりとしたなめらかなパンをとろりと包み、私の英和辞典は程なくして消えた。

甘ったるさのないジャムなので、その余韻にずっと浸っていたい気もするが、庭でとれたミントで作ったハーブティーが心地よく美味しさの全てを体内に運んでいく。

なぜこの組み合わせ？　と思った糠漬けもクセがなく、和食だとか洋食だとか、そんなナンセンスな垣根は越えて美味しかった。

「あー、幸せ。誰かと美味しいって言い合いながら食べるご飯は格別よね」

「はい！　とってもおいしかったです！　ジャムは爽やかで自然な甘さで、パンももちもちフワフワ！　糠漬けも、絶妙でした！　手作りのミントティーも最高です！　ナチュラルで、でも贅沢で、私もこんな暮らししてみたいです！」

「いいわよ」

「え？」

「こんな暮らし、ちょっとだけ、一緒にしてみない？　明後日の日曜日、いよいよレモンの収穫をしようと思って。それを手伝ってくれる人を探してたの。それまで、うちの空き部屋使っていいから」

「え、でも、それは」

「あれ？　もしかして、八丈の人だった？　お見かけしたことなかったし、日傘もさしてたし、てっきり観光かと」

「それは、そうなんです、けど」

「もしかして、ホテルの予約気にしてる？　それか、まさかの日帰り!?　明日お仕事？」

「ホテルは、とってなかった、です。仕事は、休み、です」

「じゃあ決まり！　レモンの収穫も大変すぎるわけじゃないから、安心してくれていいからね！」

ふらりと入った服屋で、促されるままに試着して、断りきれずに買った、三万円のパステルカラーのワンピースを思い出した。ブルベ夏用のやつ。

レモン畑からまっすぐ丘を登って十五分。小高い丘の上、海と空を独り占めできる場所に、ヒカリさんのお家は、ちょこんとあった。

やはりジブリを彷彿とさせるような、木の温もりのある小さな平屋。リビング、ヒカリさんの寝室、客間、キッチン、お風呂、トイレ。

私は、レモン収穫までの今日から三日間、客間を使わせてもらうことになった。シングルベッドにデスクテーブルといったシンプルな部屋だが、枕からは太陽の香りがして、小さな出窓にはみずみずしい菜の花が飾ってある。

「お洋服とか、そのクローゼットにかけちゃっていいからね！」

なんて言われたが、そもそもハンガーにかけたい服はあまりない。

地方ロケ用のナイロンのボストンバッグには、羽田空港で試着もせずに買った、シワにならないマキシワンピースが色違いで三枚入っているだけだ。

あと、洗面用具、基礎化粧品、ビタミンやらミネラルやらのサプリ、ベージュの下着。

最初はいつも着ている服を持ってくるつもりだった。でも、今朝ウォークインクローゼットを開けて、端から端まで見てようやく気がついたのは、私の服は全部きちんとしているということ。目上の方にお会いしても顔をしかめられないようなシャツ、ジャケット、ワイドパンツ。好みも個性も何もない。

心がモンワリしたので、全て置いてきた。


早々と荷解きを終え、デスクの前の木の椅子に腰掛けた。手編みらしき、薄めの座布団がお尻に優しい。

スマートフォンを確認するか迷った。仕事の連絡を絶対に逃さないために、スマホ中毒だと自覚するほどにいつでもスマートフォンを握りしめていたこれまでの私。そんな自分と決別すべく、羽田空港で切った電源はそのままにしている。

電源をつけるのが怖い、というのもある。電源を入れても、通知が一つもなかったら？

逆に、通知でいっぱいでも焦るだろうに、そう思った。

真っ黒のスマートフォンの画面をじいっと眺めていると、「ちょっと悪いんだけど、洗濯物取り込んでくれるー？」とヒカリさんの呼ぶ声がした。

レモン収穫を手伝うだけだと言ってたのに、と思わず苦笑しながらも、真っ黒に吸い込まれずにすんでホッとする。

八丈島二日目の朝も晴天だった。

リネンのカーテンから、陽が差し込んでくる。そっか、完全遮光(しゃこう)じゃないのか。起きて、顔を洗って、日焼け止めを塗らなきゃ。

時刻は六時。ぼーっとした頭を抱えたまま、のそのそとベッドから起き上がり、軽くベッドを整えると洗面台に向かう。

キッチンでは、もうヒカリさんがパン生地を成形していた。

「あら！　もう起きたの？　寝てていいのに！」

「おはようございます！　いえいえ、お邪魔してる身ですから！　でも、ぐっすり眠りました！　枕もシーツも太陽のいい匂いで、快適でした！」

「それならよかった。今朝はロールパンよ！」

「あ、手伝います！　私もすっごくやりたいです！」

「そお？　ゆっくり身支度してからでいいからね」

「はい！」

ばばばっと支度を済ませ、キッチンへ駆け込む。急いだつもりだが、パンはもうオーブンの中だ。

ヒカリさんは懐かしのCMソングなんかを口ずさみながら、レモンをすりおろしている。

「次は何を作ってるんですか？」

「豆乳を使ったとろとろシチューよ！　最後にレモンの皮をすりおろすと、皮の苦味と甘みが少しアクセントになるの。レモンは大好きだけど、色々バリエーションがないとね！」

「わあ！　美味しそう！　お野菜もたっぷり入ってますね！」

「余りものたちだけど、全部集まると旨みが出るわよね。あ、そうだ。これでお野菜使い切りだから、朝ご飯のあとサブローさんのところでもらってきてくれる？　パンも持っていって！」

サブローさん？　もらう？

聞き返そうとしたけれどやめた。何もかもを先に知ってしまっていると、リアクションが弱くなる。旅ロケの鉄則。

おなかの底から温まるような朝ご飯を経て、丘を下る。心なしか足元が軽い。昨日から今朝にかけて、糖質をちゃんと摂っているからか、エネルギーが満ちている気がする。

昨日、お昼ご飯の食パンが入っていた買い物カゴには、レモンジャム、食パン、ロールパン、菜の花がふんわり積まれている。

それなりに重い。でも、今日は思いきって日傘をやめてみたので身軽。それに、お花とかパンとかレモンとかの香りが元気をくれる。この香りの香水、ナチュラル系のコスメショップでも作ればいいのに。

ところで、サブローさんの家にはたどり着けるのだろうか。ヒカリさんは、坂降りて右に四回曲がって！　と言っていた。はじめてのおつかいか。四回も右に曲がったら、もとの道に戻るのでは？

やはりマップのアプリに頼るべきだった、と後悔し始めた二十分後、おーい！　と手を振るおじいさんが見えた。

「こんにちは！　サブローさんですか？」

「そうだよ、ヒカリさんから話は聞いてるよ」

にっこり笑ったサブローさんは、私よりも背の低いおじいちゃんだった。ツルツルの頭に大きな麦わら帽子（ヒカリさんとお揃い？）を乗せて、四月だというのに半袖にサンダルを履いている。なんか、第一村人（島人？）って感じ。

「はい！　これ、ヒカリさんからお届け物です」

「おおー、相変わらず綺麗なレモンジャムだわ。それに、ロールパン！　ヒカリさんのパンは特別だから、楽しみでなあ」

日焼けした目尻のシワが幸せそうに濃くなる。

「私も、ヒカリさんのパンを食べて、こんなに美味しいのは初めてって思いました！」

「そりゃあそうだ。ヒカリさんは、もともと銀座（ぎんざ）でパン屋をしてたらしいんだ。でもある時フラッとやってきて、そのままここに住んじまった。いっつも陽気で、いい子だろう」

ヒカリさんも、都内で暮らしてたのか。少し意外な気持ちで頷く。

「はい、これお礼」

キャベツ、新玉ねぎ、アスパラガス、卵、アサリ、カツオ、いちご。

ドサドサとカゴがいっぱいになる。

「え！　こんなにたくさん！」

「野菜はうちのだけど、他は貰ったもんばかりだから気にすんな。帰り道は、丘の上まで坂を上るから大変だろうけど、頑張れ」

そうだった。帰り道は、行きと違って二十分かかる小登山だった。

それでも、サブローさんから島の温かい暮らしの一部を見せてもらって、なんだかエネルギーに満ちていた。


嘘でした。

エネルギーに満ちていたとしても、二十分の上りは修行のようだった。

ゼエゼエ息を切らして、ヒカリさんの家の扉を開けると、玄関に座ってレモンを布巾で磨いていたヒカリさんが目を丸くした。

「ちょっと、何その汗！　大丈夫？」

「サブロー、さんが、色々、くれて」

「やだ！　電動自転車使わなかったの⁉」

「やだ、じゃないですよ。そんなこと、一言も言ってくれなかったくせに」

ドサっとカゴを置くのと同時に、思わず本音が漏れる。

「あ、ごめんなさい」

強い言葉を使ってしまい、慌てて誤魔化そうとした私に、ヒカリさんは目をぱちくりさせてからワッハッハと笑った。

「うん、それで正解！」

何かに丸をつけたヒカリさんは、私を縁側に連れていき、蜂蜜レモンに炭酸水を注いだカップを渡した。

キンと冷えた炭酸水と、レモンの爽やかな酸味がはちみつに守られながら、指先までを満たしていく。汗をかいた体に沁みる。足に溜まった乳酸が溶ける。

「この際言っちゃうけど、昨日から、ずっと私に気をつかいまくってるでしょ！　ご飯食べたときの感想の言い方とか、朝食作りのお手伝いしようとしたときとか、無理してるでしょ」

「あ！　いや、無理じゃなくて！」

「本音を全部言ったほうがいいってことじゃない。でも、相手の顔色を窺って、無理にテンションを上げたり、本心を押し殺したりする必要はないのよ。そうしなければ好きでいてくれない人のことは、放っておいていいの。少なくとも私は、そのままのあなたを絶対に好きでいるから」

「…本音、本心」

「ま、でも、そうやって無理してくれちゃうおかげで、明日レモンの収穫手伝ってくれることになったから、それは良かったわ！」

ワッハッハと、笑い声。

炭酸が、しゅわしゅわしていた。


サブローさんから貰ったアサリとキャベツを使った酒蒸しに、焼きたてのバケットを浸し、デザートにレモンとイチゴのゼリーまで堪能したあと、午後は縁側にベンチを並べ、二人でとことんダラダラした（「明日は朝ご飯を食べたらすぐに収穫を始めるんだから、思いっきり体力を温存しなきゃ」とヒカリさんはウインクしたが、洗濯物は私一人に取りに行かせた）。

地平線に夕陽が沈んでいく。

海の上にスッと通っていたオレンジ色の光の道が、溶けるように消えて、柔らかな闇が広がる。ヒカリさんと過ごすこの家が、私にぴったりフィットする場所かもしれない。スマートフォンの画面とは違う天然の闇を見て、この闇なら吸い込まれても怖くないなあと、ぼうっと思った。


三日目の朝。

いよいよレモンの収穫の日である。久しぶりに寝つきが良く、朝まで一度も目が覚めなかったからか、スッキリと目が覚めた。

時計の針は七時を指している。昨日よりも遅いが、これでいい、はずだ。

キッチンを覗くと、ヒカリさんはパンをオーブンに入れ終え、卵を溶いているところだった。ヒカリさんがこちらに気がつく。

「あら、おはよう！」

「おはようございます。朝ご飯は何ですか？」

「今日は、レモンバターをたっぷり使ったクロワッサンとスクランブルエッグよ！」

「美味しそう」

「手伝いたい？」

「いや、完成を楽しみに待ちます」

ニヤッと笑いながら尋ねたヒカリさんに、少しドキドキしながら返事をすると、やっぱりワッハッハと笑ってくれた。

朝食のメニューは、クロワッサン、アスパラガスのグリル、スクランブルエッグ、きゅうりの糠漬け。

甘い湯気が朝日を反射している。部屋がぽわあっとオレンジ色に染まっている。

「さあ。いただきます」

ヒカリさんは丁寧な六文字を朝の空気に響かせると、フォークを手に取った。

「うわあ、お店みたい。あ、そういえばヒカリさん、銀座でパン屋さんをやってたってサブローさんから聞きました」

「あー。そうなの。サブローさんったらおしゃべりね」

「でも、ふらりと八丈島に来て、そのままここに住み始めたって。なんでですか？」

ふと理由が知りたくなった。私も、ヒカリさんのように、そのまま、ここで暮らすかもしれない。八丈島で過ごす時間はずっと健(すこ)やかだ。

「うーん、なんでかしらね」

「もー、誤魔化さないでください。せっかく一流のパン屋さんで働いてたのに、こっちに住むっていうのは、大きな決心が必要じゃないですか。何か、都内に戻りたくない理由みたいなものがあったんですよね？」

「えー、そんな昔のこと、忘れちゃったわ」

昨日、ヒカリさんに背中を押してもらったから、聞きたいことがまっすぐ口から出てくる。太陽のように私を照らしてくれるヒカリさんと、今迷っている自分を少しでも重ねられたら、嬉しい。

「忘れるわけないでしょ！　だって、人生の転機ですもん」

「もー、この話はいいでしょう？」

「ヒカリさん、パン屋さんで上手くいかなかったんですか？」

「…」

「パン屋の仕事、向いてなかったんですか？」

ずっと、どこかで感じていた、自分に対する本音を、ヒカリさんと共有して、認めてみたかった。そしたら、私も決断できる気がする。

それだけだった、のに。

気がつけば、ヒカリさんはものすごく悲しそうな、苦しそうな顔をしていた。

「ねえ、もうちょっとだけ、私の、人の感情をわかってほしいな」


私の感情。人の感情。わからない。


記憶がギュウウンと音を立てて遡（さかのぼ）ってしまう。

二週間前、四月二日。事務所の会議室。

私は大きな長机を挟んで座る、澤田（さわだ）さんの腕時計をじっと見ている。

「最近バラエティ番組で大忙しだよね。いつも明るくて知的なコメント、本当にすごいと思ってます」

澤田さんが、私の目を見ているのを感じて、私も慌てて視線を上げる。

「ありがとうございます！　スタッフさんや芸人さん、皆さんに、鍛えてもらってます」

事実とも謙遜（けんそん）とも言えない、よくわからない気持ちのまま、ヘラリと答える。

「一月クールのドラマも、無事に最終回を迎えたね。お疲れ様でした」

「はい！　ありがとうございました！」

「どうだった？」

澤田さんはニコリと尋ねる。学生時代からずっと私を担当してくれている澤田さん。私に、たくさんの愛と情熱を注いでくれる素敵なマネージャーさんだが、私はこの「どうだった？」だけが少し苦手である。

仮に自分を褒めてしまって、その後何か反省点を指摘されたらお互いに気まずい。かといって、仮に自分を貶したら、お金をもらって、プロの世界に身を置いているくせに、不完全な仕事をしてしまったと認めていることになる。

「えっと、楽しかったです。ここ最近、お芝居する時、なんだか緊張してしまって、変に肩に力が入ってしまうことが多かったんですけど、今回はそれがなくて、よかったかな、と思います！」

ドキドキしながら答える。

そう。今回は「リラックスする」ということを密かな目標にして、作品や役と向き合えた。そのおかげか、現場に行くことがいつも以上に楽しみで、不安に押しつぶされることもなかった。私としては、結構満足している。

しかし、澤田さんは、もう一度私の目をじっと見てから、ふうっと息を整えた。

「私は、怒るシーンとか悲しむシーンとか。感情的なシーンが、ちょっと、ぎこちないのかなって思ってしまいました」

間違えた、そう思った。

「バラエティの才能はある。私はそう思う。…ねえ、今後、お芝居をしていくことについて、どう思ってる?」

昼間の真っ白な会議室。なのに、目の前がチカチカして何も見えなくなった。


澤田さんが長い目で私の人生のためを思ってくれていることははっきりとわかっている。タレントの得意不得意を見極めてマネージメントしていくことは、正解でしかない。

それなのに、あんなにもズンとのしかかってきたのは、実は、私も同じことを心の中で思っていたからである。

私には、お芝居は向いてないから、辞めるしかないのではないか。

感情ではなく小手先のお芝居をしている気がする。お芝居を褒められることはそう多くないが、ありがたすぎることにバラエティ番組では評価してもらえることが多い。実際、十年以上やっていても緊張するお芝居の現場とは違い、バラエティの収録は自然とリラックスして充実感を感じられることが多い。

でも、と思う。

でもずっと、悩みながらもお芝居を頑張ってきた。お芝居でしか得られない達成感も知っているし、体育祭を休み、家族旅行を諦め、レッスンや現場に通ってきたのだ。手放すには、勇気がいる。

手放したら、これまでの自分に申し訳が立たない。

それに、お芝居だけバラエティだけ、と何か一つに絞ったら、それだけで戦わなければならない。一つに決めきってしまう勇気などない。だって、ものすごく頑張って、ようやくオール4の評価に届く人生なのだ。このまま、お芝居もバラエティもモデルもラジオも、なんだってやっていたい。

そんな私の、甘えとも言える欲深さが、ついに指摘されてしまった。


「とりあえず、しばらくお芝居は様子を見ましょう」という、事実上のお芝居休息期間を言い渡され、バラエティのお仕事だけと向き合うことになった。

悩みを突きつけられ、心の中がぐちゃぐちゃでよくわからなくても、収録が始まると、笑ったり泣いたり驚いたりする自分がいた。嘘ではなかったはずだが、そんな姿を客観的に見つめる自分はシンとしていた。

次第に、誰かが望む感情のふりをしているだけなのでは？　という考えが浮かぶようになった。

お芝居では感情を使えていない。大好きで、評価してもらっていたはずのバラエティ番組でも不安がつきまとうようになった。

そんな私に何ができるのか。

自分の感情がわからない。そもそも、自分に感情なんてあるのだろうか。

そんな日々の中、実家で飼っていたウサギが亡くなった。十四年も共に過ごした、とても大切な家族。そう思っているはずなのに涙が出なかった。

「カメラが回ってないからかなぁ」

嘘みたいな自分の声が聞こえてきたので、私は澤田さんに「しばらく、全部休ませてください」とメールを送った。休みをお願いしたのは、初めてだった。

返信を待たずに翌日、ふと思い出した八丈島に足を運び、レモンを見つめていた。

「大丈夫？　私つい…ごめんね」

ヒカリさんの声に呼び戻される。脳みそまでドクドクと脈を打っている。

人の感情はおろか、自分の感情もわからないくせに、酷いことをヒカリさんに尋ねてしまった。

泣くかな、と思ったけど、泣けなかった。そりゃあそうだ、感情がないんだから。

「いえ、すみません、でした」

かろうじて謝って、何も持たずに玄関から飛び出す。全部忘れて、八丈島に逃げようと思ったくせに、基礎化粧品やらサプリメントなんて持ってきていて、バカみたいだ。衣装に影響を及ぼさない、ストラップレスのベージュの下着？　あんなの、持っていたってしょうがない。

丘を駆けおりる。足がもつれて転びそうになるが、グッと堪(こら)えて体勢を整える。感情どころか思考までも曖昧で、ただ、逃げたかった。

ヒカリさんから？　仕事から？　自分自身から？

もう何もわからない。


まっすぐ駆けおりた先は、ヒカリさんのレモン畑。嘘みたいに黄色いレモンたちが、一昨日と何も変わらずに枝の先に並んでいた。

「ずるい」

枝の先に、間違いなく、ちゃんとした自分の居場所があって。その美味しさが、誰かを幸せにできるという確証があって。生まれたときから、向いているものがわかって。

そんなの、ずるすぎる。

思わず、一番近くのレモンをガッと摑んで枝からむしりとった。レモンの枝には美しいトゲがあり、心まで突き刺されたようだったが、構わなかった。もっと突き刺してくれれば、涙が出るかもしれない。

むしりとられた大きなレモンが、私の手に収まりきらずに、震えている。

目の前に広がる海が、私をじっと見ている。

どれくらい経っただろうか。

打ち寄せる波や、レモンの木々の合間の風に何もかもを委ねて、ずいぶん長いこと例の小さなベンチに座っていた気がする。それでも、太陽はまだまだ頭上には届いていない。

膝の上にぽつんと置いたレモンは、私にあんなにひどい扱いをされてもツヤツヤとしている。敵わないな。

ふと、レモンがコロコロと滑り、膝から飛び降りる。転がるレモンの向かう先に立っていたヒカリさんが、私の視線を受けて「さっきはごめんなさい！」と深く頭を下げた。


「銀座でパン屋をしてたの」

私の隣に腰掛けたヒカリさんは、長い沈黙がなかったかのように唐突に話し始めた。

思いもよらない始まりに「え？」と言いかけるが、飲み込む。今は聞き続けるべきだと思った。

「人気店だった。バイトから始まって、正社員になった。頑張って、頑張って、店長まで任された」

その声は目の前に広がる海のように、穏やかだった。

「嬉しかったけれど、プレッシャーも感じてた。自分よりもパンへのアイデアも技術もある人も多くて、焦って、不安で。だんだん、パンに対して自分がどんな感情を持っているのかもわからなくなった。この仕事、向いてないって思った」

ヒカリさんは、そこでようやく少し眉を下げた。

「それで、ここに逃げてきた。パンに使うレモンを探していたときに一度訪れたことがあるのを思い出して。八丈の暮らしは健やかで、ちょうど閉めようとしていたこのレモン農家さんと絶妙なタイミングで出会って、任せてもらえて、住むことにした。パンのことは忘れて」

お尻の下のベンチが、私の代わりにギイと相槌を打つ。

「でも、あるときお米が不足して。仕方なく久しぶりにパンを焼いたの。そしたら、楽しくて。サブローさんにお裾分けしたら、すごく喜んでくれて。パンに対する感情、大好きなんだってことを思い出したの。向いてないって思ったけれど、それはその瞬間だけのこと。一生のことじゃない。パンにも、レモンにも、ぴったりフィットするタイミングがある」

確かに、私の前でパンと向き合うヒカリさんは、パンへの愛情で溢れていて幸せそうだった。ヒカリさんに拾われたレモンも心地よさそうにしている。

今が、そのタイミングだからなのだろう。

「はい」

ようやく、私も相槌を打った。

「どんなことも続けていればいいの。どう思うとか、向いてるとか、それがわかるのは、今じゃなくてもいいの」

ヒカリさんの言葉がスーッと目に沁み込んで、視界がボワボワとぼやけた。ガチガチに固まってわからなかった感情が、ほんの少しだけ、溶かされる。


ジャムが届いた。

蓋のマスキングテープには、「レモンのジャム・二〇二五年四月」とある。

厚切りの食パンの上にとぽんと置いて、いただきますを伝える。スーパーの食パンはヒカリさんのものには敵わないけれど、このジャムがあれば何枚でも食べられる。

ジャムの向こうに、あのレモン畑で、木管楽器の声でレモンやパンに語りかけるヒカリさんの姿が透けて見えた。


このお仕事が向いているかは、まだわからない。

お芝居もバラエティも、他のジャンルのものも。

芸能界は自分の感情を使って人の感情を動かしていく場所。だから、これからの私は、周りの人だけではなく、自分の感情とも、引き続きじっくり向き合っていかなければならない。

来週、クランクインするドラマの台本を見つめる。少し心がぽんわりして、頬(ほお)を緩(ゆる)める。

向いているとか向いてないとかを自分で勝手に決めつけてはいけない。
続けられることが一番大切なことだから。

いつか、なにかが、自分にぴったりフィットするタイミングを迎えるために。
私は、私の人生を、ハナコイノベルに刻み続ける。

Artist&Text	大友花恋
Photographer	
#1,23	伊藤元気(symphonic)
#2	shu ashizawa(S-14)
#3,14,27	神戸健太郎
#4,6,10,17	MARCO
#5,21	藤井由依
#7	北浦敦子
#8	斎藤大嗣
#9,26,28	藤原宏(Pygmy Company)
#11	田中雅也(TRON)
#12,16,24	田形千紘
#13	花村克彦
#15	佐々木慎一(SIGNO)
#18	久野美怜(SIGNO)
#19	薮田修身
#20	Junghyun Kim(TRON)
#22	三山エリ
#25	野田若葉(TRON)

“続・自伝”

Photographer	藤原宏(Pygmy Company)
Hair & Make-up	北原果(KiKi inc.)
Stylist	ミク

Costume Cooperation
ALM.、CASA FLINE、ne Quittez pas
Location　ガーデンヴィラ白浜

Design	秋元美絵(SOW.)
Editor	Seventeen編集部 オレンジ文庫編集部
Special Thanks	株式会社 研音

※この作品はフィクションです。実在の人物・団体・事件などにはいっさい関係ありません。

集英社オレンジ文庫をお買い上げいただき、ありがとうございます。
ご意見・ご感想をお待ちしております。

● あて先
〒101-8050　東京都千代田区一ツ橋2-5-10
集英社オレンジ文庫編集部 気付
大友花恋先生

ハナコイノベル。

2025年1月25日　第1刷発行

著　者　大友花恋
発行者　今井孝昭
発行所　株式会社集英社
〒101-8050東京都千代田区一ツ橋2-5-10
電話【編集部】03-3230-6352
【読者係】03-3230-6080
【販売部】03-3230-6393（書店専用）
印刷所　大日本印刷株式会社

ISBN 978-4-08-680599-5 C0193

集英社オレンジ文庫

ハナコイノベル。

大友花恋